李娟 著

遥远的向日葵地

SPM
南方传媒 | 花城出版社
中国·广州

图书在版编目（CIP）数据

遥远的向日葵地 / 李娟著. -- 广州 ：花城出版社，
2017.11（2024.8重印）
ISBN 978-7-5360-8446-9

Ⅰ．①遥… Ⅱ．①李… Ⅲ．①散文集－中国－当代
Ⅳ．①I267

中国版本图书馆CIP数据核字(2017)第197317号

出　版　人：张　懿
责任编辑：文　珍　周思仪
技术编辑：凌春梅
封面设计：◆ 棱角视觉
　　　　　　ANGULAR VISION

书　　　名　遥远的向日葵地
　　　　　　YAO YUAN DE XIANG RI KUI DI
出版发行　花城出版社
　　　　　（广州市环市东路水荫路 11 号）
经　　销　全国新华书店
印　　刷　佛山市浩文彩色印刷有限公司
　　　　　（广东省佛山市南海区狮山科技工业园 A 区）
开　　本　880 毫米×1230 毫米　32 开
印　　张　8.25　10 插页
字　　数　150,000 字
版　　次　2017 年 11 月第 1 版　2024 年 8 月第 25 次印刷
定　　价　48.00 元

如发现印装质量问题，请直接与印刷厂联系调换。
购书热线：020 - 37604658　37602954
花城出版社网站：http://www.fcph.com.cn

目 录

一 灾年

乌伦古河从东往西流，横亘阿尔泰山南麓广阔的戈壁荒漠，沿途拖拽出漫漫荒野中最浓烈的一抹绿痕。

大地上所有的耕地都紧紧傍依在这条河的两岸，所有道路也紧贴河岸蔓延，所有村庄更是一步都不敢远离。如铁屑紧紧吸附于磁石，如寒夜中的人们傍依唯一的火堆。

什么都离不开水。这条唯一的河，被两岸的村庄和耕地源源不断地吮吸，等流经我家所在的阿克哈拉小村，就已经很浅窄了。若是头一年遇上降雪量少的暖冬，更是几近断流。

因为在北疆，所有的河流全靠积雪融汇。

这一年，正是罕有的旱年。去年冬天的降雪量据说还不到正常年份的三分之一。

还没开春，地区电台的气象广播就预言：今年旱情已成定局。

到了灌溉时节，田间地头，因抢水而引起的纠纷此起彼伏。大渠水阀边日夜都有人看守。

暖冬不但是旱灾的根源，还会引发蝗灾及其他严重的病虫害。大家都说，不够冷的话，冻不死过冬的虫卵。

此外，大旱天气令本来就贫瘠的戈壁滩更加干涸，几乎寸草不生。南面沙漠中的草食野生动物只好向北面乌伦古河畔的村庄和人群靠近，偷吃农作物。这也算得上是严重的农业灾害之一。

然而，正是这一年，我妈独自在乌伦古河南岸的广阔高地上种了九十亩葵花地。

这是她种葵花的第二年。

葵花苗刚长出十公分高，就惨遭鹅喉羚的袭击。几乎一夜之间，九十亩地给啃得干干净净。

虽说远远近近有万余亩的葵花地都被鹅喉羚糟蹋了，但谁也没有我妈损失严重。

一来她的地位于这片万亩耕地的最边缘，直接敞向荒野，最先沦陷；二来她的地比较少，不到一百亩。没两下就给啃没了。

而那些承包了上千亩的种植大户，他们地多，特经啃……最后多少会落下几亩没顾上啃的。

——当然咯，也不能这么比较……

我妈无奈，只好买来种子补种了一遍。

天气暖和，又刚下过雨，土壤墒情不错，第二茬青苗很快出头。

然而地皮刚刚泛绿时，一夜之间，又被啃光了。

她咬牙又补种了第三遍。

没多久，第三茬种子重复了前两茬的命运。

我妈伤心透顶，不知找谁喊冤。

她听说野生动物归林业局管，便跑到城里找县林业局告状。

林业局的人倒很爽快，满口答应给补偿。但是——

"你们取证了吗？"

"取证？"我妈懵了，"啥意思？"

"就是拍照啊。"那人微笑着说，"当它们正啃苗时，拍张照片。"

我妈大怒。种地的顶多随身扛把铁锹，谁见过揣照相机的？

再说，那些小东西警觉非凡，又长着四条腿，稍有动静就撒开蹄子跑到天边了。拍"正在啃"的照片？恐怕得用天文望远镜吧！

总之，这是令人沮丧的一年。

尽管如此，我妈还是播下了第四遍种子。

所谓"希望"，就是付出努力有可能比完全放弃强一点点。

说起来，鹅喉羚也很可怜。它们只是为饥饿所驱。对它们来说，大地没有边界，大地上的产出也没有所属。

它们白天在远方饿着肚子徘徊，遥望北方唯一的绿色领域。

夜里悄悄靠近，一边急促啃食，一边警惕倾听……

它们也很辛苦啊。秧苗不比野草，株距宽，长得稀稀拉拉，就算是九十亩地，啃一晚上也未必填得饱肚子。

于是有的鹅喉羚直到天亮了仍舍不得离去，被愤怒的农人发现，并驱车追逐。它们惊狂奔跑直至肺脏爆裂，最后被撞毙。

但人的日子又好到哪里去呢？春天已经完全过去，眼下这片万亩耕地仍旧空空荡荡。

无论如何，第四遍种子的命运好了很多。

似乎一进入七月，鹅喉羚们就熬过了一个难关，从此，再也没有见到它们的身影。

它们去了哪里？哪里水草丰美？哪里暗藏秘境？这片大地广阔无物，其实，与浓茂的森林一样擅于隐瞒。

总之，第四茬种子一无所知地出芽了，显得分外蓬勃。毕竟，它们是第一次来到这个世界。

二　丑丑和赛虎

大狗丑丑也是第一次来到这个世界。它三个月大时被我妈收养，进入寂静广阔的荒野中。每日所见无非我妈、赛虎和鸡鸭鹅兔，以及日渐华盛的葵花地。再无其他。

因此，当鹅喉羚出现时，它的世界受到多么强烈的震荡啊！

它一路狂吠而去，经过的秧苗无一幸免。很快，它和鹅喉羚前后追逐所搅起的烟尘向天边腾起。

我们本地人管鹅喉羚叫"黄羊"，虽然名字里有个"羊"字，却比羊高大多了。身形如鹿，高大瘦削，矫健敏捷，爆发力强。其奔跑之势，完全配得上"奔腾"二字。

而丑丑也毫不含糊，开足了马力紧盯不落，气势凶狠暴烈。

唯有那时才让人想起来——狗是野物啊！

虽然它大部分时间总是冲人摇头摆尾。

我妈说："甚至有一次，它已经追上一只小羊了！我亲眼看到它和羊并行跑了一小段。然后丑丑猛扑过去，小羊被扑倒。丑丑也没能刹住脚，栽过了头。小羊翻身再跑。就那一会儿工夫，给它跑掉了。"

——羊是小羊，体质弱了些，可能跑不快。可那时丑丑才四五月大，也是个小狗呢。

丑丑一点也不丑，浑身卷毛，眼睛干净明亮。是一条纯种的哈萨克牧羊犬。虽然才四五个月大，但体态已经接近成年狗了。

我妈到哪儿都把丑丑叫上。一个人一条狗，在空旷大地中走很远很远，直到很小很小。

每当我妈突然站住："丑丑，有没有羊?！"

它立刻浑身紧绷，冲出几步，锐利四望。

丑丑不但认识了鹅喉羚，还能听懂"羊"这个字。

而赛虎大了好几岁，能听懂的就更多了，有"兔子""鸡""鸭鸭"等等。

问它："兔子呢？"

立刻屁颠屁颠跑到兔子笼边瞅一瞅。

"鸭鸭呢？"

扭头看鸭鸭。

"鸡呢？"

满世界追鸡。

我家养过许多狗。叫"丑丑"的其实一点也不丑，叫"笨笨"的一点也不笨，叫"呆呆"的也绝对不呆。

所以一提到赛虎，我妈就非常悔恨……

当初干嘛取这名？这下可好，连只猫都赛不了。

赛虎是小型犬，温柔胆怯，偶尔仗势欺人。最大的优点是沟通能力强，最大的缺点是不耐脏。它是个白狗。

丑丑的地盘是整面荒野和全部的葵花地，赛虎的地盘是以蒙古包为中心的一百米半径范围。赛虎从不曾真正见过鹅喉羚，但一提到这类入侵者，它也会表示忿恨。

它也从不曾参与过对鹅喉羚的追捕行动，但每当丑丑英姿飒飒投入战斗，它一定会声援。

真的是"声"援——就站在家门口，冲着远方卖力地吼。

吼得比丑丑还凶。事后，比丑丑还累。

进入盛夏，鹅喉羚集体消失了。明显感到丑丑有些寂寞。可它仍然对远方影影绰绰的事物保持高度警惕。

每当我妈问它"有没有羊"的时候，还是会迅速进入紧张状态。

那时，它又长高长大了不少，更加威风了，也更加勇敢。

而赛虎的兴趣点很快转移了。它发现了附近的田鼠洞，整天忙着逮耗子。

我家蒙古包一百米半径范围内的田鼠洞几乎都被它刨完了，一直刨得两只狗前爪血淋淋的仍不罢休。

　　为什么呢？

　　惭愧，我妈给它开的伙食太差了。

三 蒙古包

我家两条狗跟着我妈一起，在葵花地边吃了小半年的素。

丑丑最爱油麦菜，赛虎最爱胡萝卜。

它俩的共同所爱是鸡食，整天和鸡抢得鸡飞狗跳。——真的是"鸡飞狗跳"！

但鸡食有什么好吃的呢？无非是粗麦麸拌玉米碴，再加点水和一和。

荒野生活，不但伙食从简，其他一切都只能将就。

然而说起来，这片万亩葵花地上所有的种植户里，我家算是最不将就的。

当初决定种地时，想到此处离我们村还有一百多公里，来回不便，又不放心托人照管，我妈便把整个家都搬进了荒野中。

包括鸡和兔子，包括丑丑和赛虎。

想到地边就是水渠，出发时她还特意添置了十只鸭子两只鹅。

结果失算了，那条渠八百年才通一次水。

于是我们的鸭子和鹅整个夏天灰头土脸，毫无尊严。

她在葵花地边的空地上支起了蒙古包。丑丑睡帐外，赛虎睡帐内。

一有动静，丑丑在外面狂吠震吓，赛虎在室内凶猛助威。那阵势，好像我家养了二十条狗。

若真有异常状况，丑丑对直冲上去拼命，赛虎躲在门后继续呐喊助威。直到丑丑摆平了状况，它才跑出去恶狠狠地看一眼。

所谓"状况"，一是发现了鹅喉羚，二是突然有人造访。

来人只会是附近种地的农人，前来商议今年轮流用水的时间段，或讨论授粉时节集体雇佣蜜蜂事宜，或发现了新的病虫害，来递个消息，注意预防。

或是来借工具。附近所有的农户里，就我家工具种类最齐全。要锯子有锯子，要斧头有斧头。几乎可应付一切意外情况。

除此之外，要盆有盆，要罐有罐。要桌子有桌子，要凳子有凳子。甚至还有几大盆绿植……

我妈把盆栽带到地头的理由是："眼看着就快要开花了。"

而别的种植户呢，一家人就一卷铺盖一只锅。随时准备撤。

每一个到访我们蒙古包的人，说正事之前总会啧啧称叹一番，最后说："再垒一圈围墙，你们这日子可以过到2020年。"

对了，还有人前来买鸡。我妈不卖。说："就这几只鸡，卖了就没有了。"

对方奇怪地说："那你养它干嘛？"

这个问题好难。我妈吱唔不能答。

总之，以上种种来客，一个星期顶多只有一拨。

眼下这块耕地大约一万多亩，被十几户人家分片承包。

承包者各自守着各自的土地散居，彼此间离得较远。

除了我家，别人家都住在地底——在大地上挖个坑，盖个顶。所谓"地窝子"。

于是，在葵花还没有出芽的时节里，站在我家蒙古包前张望，天空如盖，大地四面舒展，空无一物。我家的蒙古包是这片大地上唯一坚定的隆起。

随着葵花一天天抽枝发叶，渐渐旺壮，我们的蒙古包便在绿色的海洋中随波荡漾。

直到葵花长得越发浓茂喧嚣，花盘金光四射，我们的蒙古包才深深沉入海底。

其实我家第一年种地时，住的也是地窝子。我妈嫌不方便，今年便斥巨资两千块钱买了这顶蒙古包。

唉，我家地种得最少，灾情最惨，日子还过得最体面。

鸡窝——一只半人多高的蒙着铁丝网的木头笼子——紧挨着蒙古包，是我家第二体面的建筑。

兔舍次之，它们的笼子仅以木条钉成，不过同样又大又宽敞。

鸭和鹅没有笼。我妈用破烂家什围了一小块空地，它们就直接卧在地上过夜。它们穿着羽绒服，不怕冷。

每天清晨，鲜艳的朝阳从地平线拱起，公鸡跳到鸡笼顶上庄严打鸣，通宵迷路的兔子便循着鸡鸣声从荒野深处往家赶。

很快，鸭子们心有所感，也跟着大呼小叫嘎嘎不止。

家的气息越来越清晰，兔子的脚步便越来越急切。

被吵醒的我妈打着哈欠跨出家门，看到兔子们安静地卧在笼里，一个也不少，眼睛更红了。

兔子为什么会迷路呢？我妈说，因为它个儿矮，走着走着，一扭头就看不到家了。

若是赛虎的话，看不清远处的东西，便前肢离地站起来，高瞻远瞩。而且它还能站很久很久。我渴望有一天它能够直立行走。

丑丑不会站。不过也不用站，它是条威猛高大的牧羊犬，本来就具有身高优势。远方地平线上一点点小动静都逃不过它的眼睛。

鸡虽然也矮，但人家从来不迷路。荒野中闲庭信步，优哉游哉。太阳西斜，光线微微变化，便准时回家。

我觉得鸡认路才不靠什么标志，也不靠记性。人家靠的是灵感。

我从没见哪只鸡回家之前先东张西望一番。

鸭子们要么一起回家，要么一起走丢。整天大惊小怪的，走到哪儿嚷嚷到哪儿。你呼我应，声势浩大。

黄昏时分，大家差不多都回家了。我妈结束了地里的活，开始忙家里的活。

她端起鸡食盆走出蒙古包，鸡们欢呼着哄抢上前，在她脚下挤作一团。

她放稳了鸡食盆，扣上沉重的锥形铁条罩（鲁迅提过的"狗气煞"，我管它叫"赛虎气煞"），一边自言自语："养鸡干什么？哼，老子不干什么，老子就图个看着高兴！"

于是鸡们便努力下蛋，以报不杀之恩。

蛋煮熟了给狗们打牙祭。狗们干起保安工作来更加尽职尽责。

四　浇地

虽然养着两条表现不错的保安狗，此地又位于鬼都不会过路的荒野，最重要的是，我家蒙古包里没有任何值得人破门而入的值钱货，但我妈仍不放心。她离开蒙古包半步都会锁门。

锁倒是又大又沉，锃光四射。挂锁的门扣却是拧在门框上的一截旧铁丝。

我妈锁了门，发动摩托车，回头安排工作："赛虎看家。丑丑看地。鸡好好下蛋。"然后绝尘而去。

被关了禁闭的赛虎把狗嘴挤出门缝，冲她的背影愤怒大喊。

丑丑兴奋莫名，追着摩托又扑又跳、哼哼叽叽，跟在后面足足跑了一公里才被我妈骂回去。

我妈此去是为了打水。

地边的水渠只在灌溉的日子里才通几天水，平时用水只能去几公里外的排碱渠打水。

那么远的路。幸亏有摩托车这个好东西。

她每天早上骑车过去打一次水，每次装满两只二十公升的塑料壶。

我说："那得烧多少汽油啊？好贵的水。"

我妈细细算了一笔账："不贵，比矿泉水便宜多了。"

排碱渠的水能和矿泉水比吗？又咸又苦。然而总比没水好。

这么珍贵的水，主要用来做饭和洗碗，洗过碗的水给鸡鸭拌食，剩下的供一大家子日常饮用。再有余水的话我妈就洗洗脸。

脏衣服攒着，到了水渠通水的日子，既是大喜的日子也是大洗的日子。

其实能有多少脏衣服呢？我妈平时……很少穿衣服。

她对我说："天气又干又热，稍微干点活就一身汗。比方锄草吧，锄一块地就脱一件衣服，等锄到地中间，就全脱没了……好在天气一热，葵花也长起来了，穿没穿衣服，谁也看球不到。"

我大惊："万一撞见人……"

她："野地里哪来的人？种地的各家干各家的活，没事谁也不瞎串门。如果真来个人，离老远，赛虎丑丑就叫起来了。"

于是整个夏天，她赤身扛锨穿行在葵花地里，晒得一身黢黑，和万物模糊了界线。

叶隙间阳光跳跃，脚下泥土暗涌。她走在葵花林里，如跋涉大水之中，努力令自己不要漂浮起来。

大地最雄浑的力量不是地震，而是万物的生长啊……

她没有衣服，无所遮蔽也无所依傍。快要迷路一般眩晕。目之所及，枝梢的手心便冲她张开，献上珍宝，捧出花蕾。

她停下等待。花蕾却迟迟不绽。赴约前的女子在深深闺房换了一身又一身衣服，迟迟下不了最后的决定。我妈却赤身相迎，肝胆相照。她终日锄草、间苗、打杈、喷药，无比耐心。

浇地的日子最漫长。地头闸门一开，水哗然而下，顺着地面的横渠如多米诺骨牌般一道紧挨着一道淌进纵向排列的狭长埂沟。

渐渐地，水流速度越来越慢。我妈跟随水流缓缓前行，凝滞处挖一锹，跑水的缺口补块泥土，并将吃饱水的埂沟一一封堵。

那么广阔的土地，那么细长的水脉。她几乎陪伴了每一株葵花的充分吮饮。

地底深处的庞大根系吮吸得滋滋有声，地面之上愈发沉静。

她抬头四望。天地间空空荡荡，连一丝微风都没有，连一件衣服都没有。

世上只剩下植物，植物只剩下路。所有路畅通无阻，所有门大打而开。

水在光明之处艰难跋涉，在黑暗之处一路绿灯地奔赴顶点。——那是水在这片大地上所能达到的最高的高度。一株葵花的高度。

这块葵花地是这些水走遍地球后的最后一站。

整整三天三夜，整面葵花地都均匀浸透了，整个世界都饱和了。花蕾深处的女子才下定决心，选中了最终出场的一套华服。

即将开幕。大地前所未有地寂静。

我妈是唯一的观众，不着寸缕，只踩着一双雨靴。

她双脚闷湿，浑身闪光。再也没有人看到她了。她是最强大的一株植物，铁锹是最贵重的权杖。她脚踩雨靴，无所不至。像女王般自由、光荣、权势鼎盛。

很久很久以后，当她给我诉说这些事情的时候，我还能感觉到她眉目间的光芒，感觉到她浑身哗然畅行的光合作用，感觉到她贯通终身的耐心与希望。

五　水

水渠通水那几天跟过年似的，不但喂饱了葵花地，还洗掉了所有衣服，还把狗也洗了。

家里所有的盆盆罐罐大锅小锅都储满了水。幸亏我家家什多，可省了好多打水的汽油钱。

那几天鸭子们抓紧时间游泳，全都变成了新鸭子。

放眼望去，天上有白云，地上有鸭子。天地间就数这两样最锃光瓦亮。

那几天丑丑天天在渠水里泡澡，还冒充河马，浮在水面装死。可把赛虎吓坏了。

它站在岸上冲丑丑狂吠，又扭头冲我妈大叫。可我妈闻若未闻，见死不救，它只好亲自出手。然而它不断伸出爪子试水，终究不敢下去。

大约渠水流过的地方水汽重，加之天气越发暖和了，到第二次通水时，渠两岸便有了杂草冒头。

而水渠之外，除了作物初生的农田，整面大地依旧荒凉粗粝。

鸡最爱草地，整天乐此不疲，一个个信步其间，领导似的背着手。

我猜草丛的世界全部展开的话，可能不亚于整个宇宙。

鸡如此痴迷，这瞅瞅，那啄啄。有时突然歪着脑袋想半天，再单脚撑地呆若木鸡。

它不管看到什么，都不会说出去。

天苍野茫，风吹草低见芦花鸡。两只狗默默无言并卧渠边。鸭子没完没了地啄洗羽毛。

在荒野中，窄窄一条水渠所聚拢的这么一点点生气，丝毫不输世间所有大江大河湖泊海洋的盛景。

面对这一切，唯有兔子无动于衷。每天上午，瓜分完当天的口粮，它们就一个个尾随我妈进入了葵花地。太阳下山还不回家，显得比我妈还忙。

我妈说："兔子，快看！水来了！"

人家耳朵都不侧转一下。

水从上游来。上游有个水库。

说是水库，其实只能算是一个较大的蓄水池。位于荒野东面两公里处，一侧筑了一道栏坝，修了阀门。简陋极了。

可是对于长时间走过空无一物的大地的人们来说，这汪大水简直就是一场奇遇！

我曾去过那里。走啊走啊，突然就迎面撞见。那么多的水静止前方，仿佛面对着世界的尽头。

不见飞鸟，不生植物，和荒野一样空旷。

仅仅只是水，一大滩明晃晃的水。镜子一样平平摊开在大地上，倒映着整面天空。又像是天空下的一面深渊。

这一大滩水灌溉了下游数万亩的作物，维系了亿万生命的存活。可这番情景看来，又像是它并不在意何为葵花，也从没理会过赛虎丑丑鸭子与鸡们的欢乐。

它完整无缺，永不改变。

与其说此地孤寂，不如说我们和我们的葵花地多么尴尬，我们所有的劳碌奔波简直跟瞎忙一场似的。

我沿着水边慢慢行走。水的另一方，遥遥停着一座白房子。

如果说湖水是世界的尽头，那么，那座白房子便坐落在世界的对面。

住在那里的会是什么样的人呢？我渴望过去看看，但每次绕着水岸走了很久都没能抵达。

离开那块葵花地后，我有好几次梦到那片荒野中的大水。梦到南方来的白鸟久久盘旋水面，梦到湖心芦苇静立。却没有一次梦到生活在遥远白房子里的那个人。

秋天来临的时候，我们的葵花地金光灿烂、无边喧哗，无数次将我从梦中惊醒，却没有一次惊醒过他的故乡。

六 我

我还有一个梦，就是过真正与大地相关的生活。这个梦里，我有一块土地，有一座结实的房子。

说起来，好像和我妈眼下这种日子没什么不同……

其实还是不同的。至少它更稳定，更长久，更简单。

这个梦对我来说时远时近。有好几次，我都已经下定决心。我开始在我妈所在的村子里寻找合适的宅基地，开始画设计图纸。

后来我去了城市，仍念念不忘这个计划。每当我为生活杂事奔忙，焦虑疲惫，难以入睡，我便闭上眼，抱着枕头，在黑暗中继续展开庞大的计划。我不停改变设想，纠结于无数细节……直到满意地沉入睡眠。

我去过很多地方，住过好多房子，睡过各种床。我想，这一切都是暂时的。所以，我从不曾畏惧过生活的改变与动荡。

后来我和外婆一同生活，养了小狗赛虎，有了一份稳定的工作与收入。忙忙碌碌，安安静静。那时，我的大地上的房子仍马不停蹄地在心中营建，一砖一瓦反复修改。

我总是不得安宁，心中焦虑嘈乱。总是安慰自己：暂时的罢了，等有了房子就好了。

可我知道，我正在离那座院子越来越远。

小时候住在兵团农场，家家户户的房子格局一模一样。唯一不同的是，别人家室内地面上铺着红砖，我家地面什么也没铺，裸着泥地。

于是直到现在，我都觉得，最高级的地面材料就是红砖。

至于最好的墙面效果，什么墙纸墙衣硅藻泥都赶不上石灰刷出来的大白墙。——小时候长年住在四壁糊旧报纸的房子里的人这么认为。

石灰墙和红砖地，对我来说几乎就是梦想之家的全部要素。简单吧？可是，就这样一个简单的梦，却永远无法实现了。

还有房子旁边的一小块菜园，菜园边的两棵树，院墙下的鸡窝和一丛花。也永远只存在于怀想之中。

我要这样一座房子干什么呢？是为了从此能够安心地生活吗？

不是的，是为了从此能够安心地等待。

而眼下的我，只能安心地离别。

七　擅于到来的人和擅于离别的人

我最擅于离别，而我妈最擅于到来。

她出现在我面前的时候，总是伴随着坏天气和无数行李。

她冒雪而来，背后背一个大包，左右肩膀各挎一个大包，双手还各拎一只大包。像是一个被各种包劫持的人。

一见面，顾不上别的，她先从所有包的绑架中拼命脱身。气儿还没喘匀，就催着我和她去拿剩下的东西。我跟着她走到楼下，看到单元门外还有两倍之多的行李。

我妈为我带来的东西五花八门，其中最值得一提的是两根长棍。

准确地说，应该是两棵小松树的树干。笔直细长，粗的一端比网球略粗，细的一端比乒乓球略细。大约三米多长……

难以想象她是怎么把这两根树干带上班车的。

要知道，在当时，所有的班车都不允许在车顶上装货了。

放进下面的行李仓？也不可能。

放到座椅中的过道里？更不可能。

况且她还倒了三趟车。

总之这是千古之谜。

她把这两根树干挂在我的阳台上方，然后……让我晾衣服……

她骄傲地说："看！细吧？看！长吧？又长又细又直！我找了好久才找到这么好的木头！真是很少能见到这么好的，又长又细又直！……"

——于是就给我带到阿勒泰了。

是的，她扛着这两根三米长的树干及一大堆行李，倒了三趟车。

没有候车室，没有火炉。她在省道线或国道线的路口等车。前不着村，后不着店，她守着她的行李站在茫茫风雪之中。

不知车什么时候来，也不知车会不会来。

头一天，她也在同一个路口等了半天，又冷又饿，最后却被路过的老乡告知班车坏了，要停运一天……但第二天她仍站在老地方等待，心怀一线希望。

世界上最强烈的希望就是"一线希望"吧？

后来车来了。司机在白茫茫天地间顶着无边无际的风雪前行，突然看到前方路口的冰雪间有一大团黑乎乎的东西。据他的经验，应该有三到五个人在那里等车。

可是走到近前，却发现只有一个人和三到五个人的行李。

总之，她不辞辛苦给我带来了两根树干。

——它们又长又直又匀称，最难得的是，居然还那么细。她觉得这么好的东西完全能配得上城里人，却没想到城里人随便牵根铁丝就能晾衣服。

后来我搬家了。那两根木头实在没法带走，便留给了房东。不知为什么，当时一点也不觉得可惜。

又过去了好几年，搬了好几次家，最后打算辞职。我妈说："你要是离开阿勒泰的话，一定记得把我的木头带回来。"……直到那时，才突然间感到愧疚。

我告诉她早就没了。她伤心地说："那么好的木头！那么直，那么长，关键是还那么细！你怎么舍得扔了！"

却丝毫不提当年把它们带到阿勒泰的艰辛。

那是2003年左右，我在阿勒泰上班，同时照料不能自理的外婆。工资六百块，两百块钱交房租，两百块钱存到冬天交暖气费，剩下两百块钱是生活费。也就是说，日子过得相当紧巴。

我妈第一次来阿勒泰时，一进到我的出租屋，第一件事就是把所有房间30瓦的灯泡拧下来，统统换成她带来的15瓦的。

第二件事是帮我灭蟑螂。

那时我不敢杀生，后果便是整幢楼的邻居都跟着遭殃。

我妈烧了满满一壶开水，往暖气片后面猛浇。黑压压的蟑螂爆炸一般四面逃窜，更多的被沸水冲得满地都是。

接下来的行程安排是逛街。

乡下人难得进一次城，她列了长长的清单。然而什么都嫌贵。最后只买了些蔬菜。

菜哪儿没卖的？但是阿勒泰的菜比富蕴县的便宜。

还买了几株带根的花苗。

天寒地冻的，她担心中途倒车的时候花苗被冻坏，便将它们小心地塞进一个暖瓶里，轻轻旋上盖子。

她每次来阿勒泰顶多呆一天。一天之内，她能干完十天的事情。

每次她走后，好像家里撤走了一支部队。

走之前，她把她买的宝贝花慷慨地分了我一枝。

我家没有花盆，她拾回一只塑料油桶，剪开桶口，洗得干干净净。又不知从哪儿挖了点土，把花种进去，放在我的窗台上。

因为油桶是透明的，她担心阳光直晒下土太烫了，对根不好，特意用我的一本书挡着。

她走后，只有这盆花和花背后的那本书见证了她曾到来。

是的，我最擅长离别。迄今为止，我圆满完成过各种各样的离别。

我送我妈离开，在客运站帮她买票，又帮她把行李放进班车的行李厢，并上车帮她找到座位。

最后的时间里，我俩一时无话可说，一同等待发车时间的到来。

那时，我突然想起来很久很久以前的另一场离别。旧时的伤心与无奈突然深刻涌上心头。

我好想开口提起那件事，我强烈渴望得知她当时的感受。

却无论如何都说不出一句话来。

此时此刻，彼此间突然无比陌生，甚至微微尴尬。

我又想，人是被时间磨损的吗？……不是的。人是被各种各样的离别磨损的。

这时，车发动了。我赶紧下车，又绕到车窗下冲她挥手。

就这样，又一场离别圆满结束了。

最后的仪式是我目送这辆平凡的大巴车带走她。

然而，车刚驶出客运站就停了下来。高峰期堵车。

最后的仪式迟迟不能结束。我一直看着这辆车。我好恨它的平凡。

我看着它停了好久好久。有好几次强烈渴望走上前去，走到我妈窗下，踮起脚敲打车窗，让她看到我，然后和她再重新离别一次。

但终于没有。

八 命运

我从来不曾认同过我妈的人生选择，同样，我妈也对我的人生表示怀疑。

我俩没法在一起生活，超过两个月就有问题。

但在种地这件事上，我俩居然达成一致了，都觉得这件事值得一做。

我妈开着杂货铺，当着裁缝。村里就那么几十户人家，同行就有五六家。一年干到头，饿不死，也攒不起余钱。她深深感到陷于此处没有出路。

秋冬两季还好。牧人们赶着羊群南下经过此处，大部分人都留了下来，村里陡然热闹起来。而且大家刚卖了牛羊，手头都还算宽裕，我妈店里的生意自然也不差。

可到了夏天，牛羊北上，村里人几乎都走空了。我妈的小店很多时候开一整天也没有一个顾客上门。

以前我妈是跟着牧业大军一起行动，牛羊到哪里，她的帐篷小店就开在哪里。可现在她年纪大了，感到经不住这番动荡和辛劳了。

虽然种地也是折腾人的事，也轻松不到哪儿去，但至少离家近。

况且，她常常自诩种地是老本行，当年干过生产队里的农业技术员。承包个百十亩的不在话下。

我呢，我就无聊多了。我把种地这种事加以文学想象，所以极为向往。

我妈决定种地那一年，我决定辞职。之前已经在机关工作五年，总算存够了五千块钱。这令我信心十足，感到足够改变一切。又想，大不了就和我妈一起种地吧。

但是最后，我还是决定跟着牧民北上，在阿尔泰深山牧场生活了一个夏天。因为那里对我来说，更加充满文学想象……难怪我妈蔑视我。

我妈种地的第二年，我辞职成功，却去到了南方。

每当我走在熙熙攘攘的大街上，感到孤独又疲惫的时候，就想，我的背后是有好几百亩土地的。这个想法令我永远无法进入真正的南方。

夏天，我回家了。

总之，就在那两年，我和我妈不约而同改变了生活。

可是大地永不改变。丰沃的森林不应被砍伐毁灭，贫瘠干涸之地也不应被强行垦耕或绿化。人的命运和自然的命运截然相反。我到了葵花地边，为这巨大的相反而惊骇。突然感到漂泊远不曾停止，感到往下还要经历更多的动荡。

九　繁盛

我常常想，一百多年前，最早决定定居此处的那些农人，一定再无路可走了。

他们一路向北，在茫茫沙漠中没日没夜地跋涉。后来走上一处高地，突然看到前方视野尽头陷落大地的绿色河谷，顿时倒落在地，痛哭出声。

他们随身带着种子，那是漫长的流浪中唯一不曾放弃的事物。

他们以羊肠灌水，制成简陋的水平仪勘测地势，垦荒，开渠。

在第一个春天的灌溉期，他们日夜守在渠边。每当水流不畅，就用铁锨把堵塞在水阀口的鱼群铲开。

那时，鱼还不知河流已经被打开缺口。更不知何为农田。它们肥大、笨拙，无忧无虑。

它们争先恐后涌入水渠，然后纷纷搁浅在秧苗初生的土地上。

秧苗单薄，天地寂静。阳光下，枯萎的鱼尸银光闪闪，像是这片大地上唯一的繁盛。

冬天，河面冰封。人们凿开冰窟，将长长的红绳垂放水中。虽然无饵无钩，仍很快有鱼咬着绳子被拖出水面。

这些鱼长有细碎锋利的牙齿。即使已被捉在手，仍紧咬红绳不肯松口。

它们愤怒却迷惑。世界改变了。

春天，鱼群逆流产卵。鱼苗蓬勃，河流拐弯处的浅水里，如堆满了珠宝，璀璨耀眼。若在此处取水，一桶水里有半桶都是细碎小鱼。

人们大量捕捞小鱼，晾干，喂养牲畜。牲畜吃得浑身鱼腥气。冬天，牲畜被宰杀炖熟后，肉汤都是腥的。世界改变了。

鱼越来越少，人越来越多。耕地不断扩张，沿着唯一的河流两岸上下漫延。

才开始它们如吸吮乳汁般吸吮河流，到后来如吸吮鲜血般吸吮河流。

再后来，河流被截断，强行引往荒野深处。在那里，新开垦的土地一望无垠。

无论在种子播下之后，还是农作物丰收之时，那片土地看上去总是空旷而荒凉。

而失去水源的下游湖泊迅速萎缩，短短几年便由淡水湖变成咸水湖。

从此，再也没有鱼了。

又过去了很多很多年，我们一家才来到这里。我们面对的又是一片逾万亩的新垦土地。

仿佛什么都不曾发生。路也是新的，荒野中两行平行的轮胎辙印。水渠也是新的，水泥坚硬，渠边寸草不生。仿佛一切刚刚开始。

只有那条河旧了，老了，远在数公里之外。河床开阔，水流窄浅。

而鱼又回来了。它们历经漫长而孤独的周折。它们彼此间一条远离一条，深深隐蔽在水底阴影处。

和这块土地上的其他种植户一样，我们也在自己承包的地上种满了向日葵。

这块土地也许并不适合种植这种作物，它过于贫瘠。而向日葵油性大，太损耗地力。

但是，与其他寥寥几种能存活此处的作物相比，向日葵的收益最大。

如此看来，我们和一百年前第一个来此处开荒定居的人其实没什么不同。仿佛除了掠夺，什么也顾不上了。

记得第一年，我们全家上阵，我也回家帮了几天忙。我妈租了一辆大卡车，几乎把半个家都挪到了地边。九十多岁的外婆也带上了。两条狗，所有的鸡鸭鹅，连几盆花草也没落下。

出发头一晚，无星无月。我们连夜处理种子。

我妈和我叔叔两人用铁锨不停翻动种子，使之均匀沾染红色的农药汁液。我在旁边帮忙打着手电筒。

整夜默默无语，整夜紧张又漫长。

手电光芒静止不动，笼罩着黑暗中上下翻飞的红色颗粒，它们隔天就要被深埋大地。这是种子的红色军团，在地底庄严列队，横平竖直。

那时，我妈和我叔叔就是点兵的大王，检阅的首长，又如守护神，持锨站在地头。

而熬过漫漫长冬的荒野鼠类，在地底深处遇到这些红色种子，它们绕其左右，饥饿而畏惧。后来这饥饿与畏惧渗入红色之中。

此时此刻，我妈和我叔叔的紧张与忧虑也渗入红色之中。外婆不愿离家，她在屋里咒骂，却无可奈何。她年迈衰弱，已无法离开我们独自生存。她的痛苦与愤怒也渗入这红色。

同时渗入的还有我的悲哀，我的疲惫。我一动不动举着手电。手电光芒在无边黑暗中撑开一道小小缝隙。荒野中远远近近的流浪之物都向这道光芒靠拢。

一百年前的农人也来了。哪怕已经死去了一百年，他们仍随身带着种子。他们也渴望这神奇的红色。

所有消失的鱼也从黑暗中现身，一尾接一尾沉默游入红色之中。

我仿佛看到葵花盛放，满目金光中充满红色，黑暗般坚定不移的红色。

我仿佛端着满满一碗水站在悬于万丈深渊之上的一根丝线上。

我手持手电一动也不敢动。

仿佛眼下这团光芒，是世间最最脆弱的容器。

第一年，我跟着去到地头，刚播完种子就离开了。

那一年非常不顺。

主要是缺水。平时种植户之间都客客气气，还能做到互助互利。可一到灌溉时节，一个个争水争得快要操起铁锹拼命。

轮到我家用水时常常已经到了半夜。我妈整夜不敢睡觉，不时出门查看，提防水被下游截走。后来她干脆在水渠的闸门边铺了被褥露天过夜。

尽管如此，我家承包的两百亩地还是给旱死了几十亩。

接下来又病虫害不断，那片万亩葵花地无一幸免。田间地头堆满花花绿绿的农药瓶。

我妈日夜忧心。她面对的不但是财产的损失，更是生命的消逝。

亲眼看着一点点长成的生命，再亲眼看着它们一点点枯萎，是耕种者千百年来共有的痛苦。

直到八月，熬过病害和干旱的最后几十亩葵花顺利开完花，她才稍稍松口气。

而那时，这片万亩土地上的几十家种植户几乎全都放弃，撇得只剩包括我家在内的两三户人家。

河下游另一块耕地上，有个承包了三千多亩地的老板直接自杀。据说赔进去上百万。

冬天我才回家。我问我妈赔了多少钱。

她说："操他先人，幸亏咱家穷。种得少也赔得少。最后打下来的那点葵花好歹留够了种子，明年老子接着种！老子就不信，哪能年年都这么倒霉？"

外婆倒是很高兴。她说："花开的时候真好看！金光光，亮堂堂。娟啊，你没看到真是可惜！"

小狗赛虎不语，依偎外婆脚边，仿佛什么都无所谓。

整个冬天，小小的村庄阿克哈拉洁白而寂静。我心里惦记着红色与金色，独自出门向北，朝河谷走去。

大雪铺满河面，鸦群迎面飞起。牛群列队通过狭窄的雪中小路，去向河面冒着白气的冰窟饮水。

我随之而去。突然又想起了鱼的事。

我站在冰窟旁探头张望，漆黑的水面幽幽颤动。抬起头来，又下雪了。

我看到一百年前那个人冒雪而来。

我渴望如母亲一般安慰他，又渴望如女儿一样扑上去哭泣。

十　九天

第一年，来到地边的第一天，我在地边的水渠里取水做饭。

上游的水闸已经落下，只剩从闸缝中漏出的细细一股水流，缓慢、低浅而混浊。我用一只碗舀了很久，才收集了半锅水。

很想澄清后再使用，却实在等不及了。便直接下了米开始升火熬煮。

黄昏已经降临，我们忙于搬家，从早上到现在一直没顾上吃饭。

外婆最可怜。我们饿了可以随便嚼点干粮打发肚子，外婆没有牙，只能喝稀饭；肠胃也不好，只能吃滚烫的热食。

我为自己的无能为力而痛苦——在水渠里取水时感到痛苦，吃这顿饭时感到痛苦，吃完这顿饭过去了很多年还是痛苦。后来外婆死了，死去很多年后仍为之痛苦。

仿佛她正是因为那顿饭而死。仿佛正是从那天那个奔波辛忙的黄昏开始，她才一天天走向死亡。

是的，无能为力。我仅有的力量只够用来掩饰懦弱，我最大的坚强是继续不露声色地生活在家人中间。

这一天，天刚亮我们就起来收拾行李，打包，装车。等折腾到一百公里外的耕地旁边，已经下午了。

等全部家当卸下卡车，太阳已滑向彩霞簇拥的西方。

卡车开走后，四面愈发无遮无拦。我们和我们的家，如同被大风吹至此处的微小事物。

我在附近捡了几块石头，砌成一只简陋的三角灶，又拾了点干草引火。

风很大，好容易才把炉火升起。

叔叔去寻找住处。他听附近的种植户说不远处有一个废弃的地坑，修理收拾一番，再架个屋顶就可以住进去。

我妈急于整理眼前小山似的一大堆物品——种子，粮食，饲料，煤，柴火，鸡笼鸭笼，被褥，床板，数十根碗口粗的圆木……忙忙碌碌，头也不抬。

我守着石灶添柴，被烟火熏得泪流如瀑。一扭头，看到外婆和赛虎站在不远处满地零乱的家什间默默凝视着什么。不远处的上空有一大朵惊异的云。

大地粗砺，四面地平线清晰而锋利。

我们破破烂烂的家，我们潦草而唐突地突然出现。

饭做好了我赶紧给外婆盛了一碗。她早就饿坏了，也顾不上烫，坐在风里大口吃了起来。没有菜，只是一碗白米稀饭。

我妈顾不上吃，仍在遍地狼藉中忙碌着。

斜阳沉重，空气金黄。这个黄昏持续了很久很久，仿佛这一天有大半天的时间都属于黄昏。

赛虎始终静静地卧在外婆脚边。

第一天夜里，我们铺开被褥冲着满天星光睡了一夜。

第二天中午时分，在邻近的几位种植户的帮助下，我们的地坑之家基本完成。所有家当一一搬到地下。

第三天一切整理完毕。

可是到了第三天，外婆就想回家了。

她拄杖沿着地坑一侧的通道艰难走上地面，转身四望，快要哭了。

她九十多岁了，一生颠沛流离，数次白手起家，仍难以接受眼下的荒凉。

她以拐棍"笃笃"触地，未开垦的大地极其坚硬。她说："能长出来吗？这种地方能长出来什么？"

鹅和鸭子对生活的动荡毫无感触。它们很快发现了附近的水渠，啄着那层薄薄的水流，凑合着洗了个澡。搬家时，它们不幸被安排在煤堆里。

第四天，鸡开始下蛋。

同时，两条狗，赛虎和阿黄在地坑附近发现了一个田鼠洞，兴奋得刨了好几天。爪子都刨烂了，流着血，仍不肯罢休。

就在第四天，外婆也接受了现实，不再抱怨。她每天时不时地数鸡数鸭、唤狗唤鹅。荒野这么大，她总担心它们走丢。

而我妈收拾地坑的同时就开始计划犁地的事。

她和附近几家种植户共同租用了一辆大马力拖拉机。第三天就犁完地，第四天就能播种了。

眼下只能人工点播。为抢抓季节，快快播完，我妈骑摩托车跑到几十公里外的永红公社，一口气雇了二十多个人。还算兴师动众。

可是，一进入空旷的大地，这二十多个人远远看去却那么单薄微弱，凄凉无助。

他们一人拎一只盛满种子的口袋，走一步，停一下。在大地上越走越远，远得似乎再也回不来了。

第六天，种子播完，大地闭上眼睛。

每当我从地下走上地面，长时间望着眼前一望无垠的空空大地，忍不住像外婆那样小声说："这能长出来什么？"

第七天，我妈干完地里的活回家，变魔术一样从怀里掏出了一束野花。

哪里采的呢？我捧着花走上地面，转身四望。

这干涸无际的大地，这手心里唯一的湿润丰盈。

我拾回一只矿泉水瓶，装上水把花养了起来，放在投入地下的唯一一束光线之中。过了两三天，花都没败。

可我出去散步时，无论走多远都从不曾遇到过什么花儿。似乎我妈采回来的这些就是眼下这场春天里的全部了。

第九天我离开了。

我把我妈、我外婆和小狗抛弃在荒野深处，抛弃了一整个夏天。

又觉得像是把她们一直抛弃到现在。

似乎这些年来，她们仍在那片广阔的天空下寂寞而艰辛地劳作，而种子仍在空旷的大地之下沉睡。

十一　永红公社

第一年，我离开葵花地后，去杜热小镇搭车回富蕴县。

杜热乡在几十年前一度改名为"永红公社"。后来虽然又改回了"杜热乡"。但老百姓们一时却很难改口。

在我们这里，农村被称为"公社"，乡下人自称"公社人"。饭馆被叫作"食堂"，商店叫"门市部"，旅店是"招待所"。

我们这里走在世界前进队伍的最末尾。

我们这里的农村或牧区，成年男性的正式外套仍然是八十年代之前盛行的那种军便装。它类似中山装，唯一的区别在于，中山装的口袋盖是倒笔架形，军便装是长方形。

永红公社的行政级别虽然只是个乡，面积却极其辽阔。北面的大山深处森林河流纵横交错，南面的沙漠戈壁无边无尽。从南到北，长达四百公里的领域。

但是，在全乡最繁华的乡政府所在地，却只有短短一条街道。

我搭乘邻居的摩托车从地边出发，穿过一大片戈壁到达公路边。又沿公路走了好几公里，路两旁才开始稀稀拉拉有了些小树苗。

越往前走，树木越壮实密集一些。快要抵达小镇时，已然形成气派的林荫道。

小镇里的树就更多了。

记得童年时代的富蕴县也是这样的：树又高又壮，房子又低又矮。

我觉得，在茫茫荒野中，在所有单薄安静的人类聚居区里，树是唯一的荣华富贵。

小镇上，只有几家大一点的门面店挂着像样的招牌。其他小店，店名只是用油漆或涂料直接大大地写在门边墙壁上。我看到有"小王粮油店"和"阿依江的食堂"，还有一家"幸福门市部"。

永红公社的客运站也很小很小，我猜运营的线路也没几条。

在这个客运站，我买到了一张二十年前才盛行的那种旧式车票。售票员在车票空白处写下时间、车次等信息，再把票从票根处撕下来给我。

撕的瞬间，我担心这一切会突然消失。

我持票看了好一会儿，觉得往下即将踏上的是时光的旅程。

排在我后面的是一位衣衫破旧的哈萨克老人。他接过票，向售票员庄重地道谢。再次确认一遍票上的手写信息，才满意地揣进怀里的口袋。

他向出口走去，没走几步就不见了。

我在候车室坐了很久很久，往下再也没有人来买票了。

候车室也非常小，就两排椅子。

突然就想起小时候的富蕴县，县客运站的候车室也是这样的格局。

那时的冬天，乘客们挤在狭小密封的房间里，一边等车，一边交谈，一边烤火。一只很小的铁皮炉支在房间中间，烟囱拐了几道弯伸向窗边。窗玻璃总是水汽厚重，没人能看得出去，也没人能看得进来。车站工作人员不时挤过来加煤。那时，所有人让开一条道，所有交谈暂时停止，所有眼睛看着他用炉钩揭开炉圈，再用火钳夹着煤块置放在火焰中。

此时，除了我，还有一个女人也在等车。半小时后，我拿出一包饼干与她分享。

若身处另外一个大一些，热闹一些的空间，我可以若无其事地自己吃。但此地过于逼仄和安静，令我俩无法忽略对方。

我们吃了半包饼干后，她也掏出一个苹果给我。

接下来开始交谈。不知什么由头，渐渐地她开始讲述起自己的童年。她告诉我过去永红公社最热闹的地方在哪里，给我讲小学毕业那次汇报演出，讲两个村的孩子间的打斗，讲她一个漂亮的小姐姐的死亡……听着听着，我便渐渐开始熟悉此地。

比起牧民，从事农业生产的哈萨克人大都会一些汉话。但她的表达仍非常吃力，缓慢而迂回不已。却异常平静。

她的回忆像是揭开了我的回忆，她的童年像是我的童年。我们一同沉默的时候，过去年代的记忆便潮水般涌来。

过去的富蕴县比起如今的永红小镇又大得了多少呢？

安静得如世界尽头的富蕴县，只有四条马路呈井字形交叉的富蕴县，全是树的富蕴县。每当我背着书包走在学校和家之间的那条笔直安静的林荫道上，浓密的树冠在上方交错，形成阴凉的拱廊。眼前世界无限深邃而古老，直到现在仍迷惑着我的心。

走完那条路，书包便更加沉重了。装着完整的落叶，斑斓的石子，动物的完美对称的骨骼，或一只空香水瓶，一只装过药水的硬纸盒。

当我小的时候我什么都爱。当我长大了，我忘记了我其实什么都爱。

我也想把关于自己的许多事都告诉她，却突然发现此时的自己比她更不擅表达。

这时，她的车发车时间到了。她持票与我告别。

我透过窗户看着她上车。那趟班车乘客只有她一人。

她走了，像是世界上的最后一个人走了。

发车时间仍然还早，我走出候车室，在附近转了转。

车站门口，一只母鸡带着一群小鸡在空地刨土，一头牛静卧树荫下一动不动，一个趿着破拖鞋的男人站在马路对面目不转睛看着我。

我也看了他一会儿。然而谁都没认出对方。

顺着马路往下走，没几步路就走出了小镇的繁华区。

没有人。家家户户敞着院门，安安静静。

走着走着，突然看到一个男孩蹲在自家大门口的空地上摆弄着什么。一辆破旧的自行车倒立在他身后，轮胎朝天，其中一只轮子已经被卸了下来。

走近一看，在修自行车。准确地说，是正在补车胎。其手法娴熟又地道。

我略感吃惊，毕竟只是一个十岁左右的小男孩。

他使用的工具极简陋。以一只啤酒瓶盖代替锉刀，将瓶盖带齿的那面反复刮擦一块小小的胶皮补丁，使之变得粗糙，增加摩擦力，以便更牢固更紧密地黏合在漏气的地方。

在他身边放着小半条旧胎带，上面已经剪了许多缺口。可想之前的很多岁月里，他已经无数次这样修补过他心爱的、唯一的自行车。

我看了一会儿，惊奇感很快消失。

若是自己的话，也能熟门熟路做这种事呢。

在我漫长的童年中，我总是终日守在街口的修车摊前观摩师傅的劳动，所有步骤烂熟于心。我看着这孩子在擦糙后的补丁和车胎破漏处均匀抹上冷补胶，再仔细贴合、压紧。我知道，接下来他会给这条车胎充气，再一段一段放进旁边那盆水中，检查还有无漏气之处。

我还知道他会再次放掉气，沿着车轮边隙将瘪内胎塞进橡胶外胎，并小心把气门芯拔出来。

最后，我知道他会装上车轮，拧紧螺丝，再次打饱气。

于是，他的自行车又能横冲直撞、无往不至了。

但是这一回我没法全程观摩了。时间到了。

我向客运站走去。

好像刚刚回了一趟童年，又赶在规定时间前离开。

接下来还有更为漫长的旅程。

中巴车摇摇晃晃离开这小小的绿洲，投入荒野。我望向窗外，永红公社渐渐消失在大地深处。

从此再也没有永红公社了，从此世界上只剩杜热小镇。

柏油路又旧又破，到处大坑小坑。车在路面上绕来绕去，东摇西晃，走得慢慢吞吞。车上的乘客都默默无言，同我一起，跟在全世界最后面。

十二　打电话

　　第一年，我妈在南部荒野中种葵花，我在北边牧场上生活。之间遥隔两百公里。

　　我给我妈打电话，总是很难打通。要么她那边没信号要么我这边没信号。等两边都有信号的时候，要么她手机没电了要么我手机没电了。

　　好容易打通一次，却往往无话可说。

　　每到珍贵的通话时间，她先说外婆的身体情况，再说赛虎的近况，然后感慨三到五句种地遇到的倒霉事。最后问我："你呢？"

　　我说："还行吧。"

　　我们陷入沉默，各自抬头看天。彼此的呼吸迫在耳畔，两百公里的距离让我们深刻感受着彼此间的陌生。

　　最后她说："还是没有下雨。这天到底怎么了？"

　　五月初，一场沙尘暴席卷阿勒泰大地。我所在的前山丘陵地带也受到很大波及，不由忧心南面葵花地里的家人。

然而当时我所处的牧场没有手机信号。几天后，好容易跟随迁徙的羊群转移到一片靠近公路的牧场，终于有了信号。赶紧给我妈打电话，可怎么也打不通。

　　又过了两天，在羊群再一次转移之前，终于和她联系上了。

　　电话是她打过来的，那头哨音呼啸。显然，她正站在大风之中。

　　"老子！现在！正，站在一个，最高的地方。走了好远，好远，才找到，这么高的地方！"电话那头她一字一顿，竭声大喊，与风声抗衡。

　　接下来她难掩得意地细细描述她此时所处之地是多么难得，是原野中唯一的凸点，离住处多么远，多么隐蔽，然而还是被她发现了……

　　我打断："前两天沙尘暴，你们那边没事吧？"

　　那边精神一振，声音立刻又高了三分："对了！老子打电话就是想说这件事的！操他先人！老子走了这么远，就想说这个。好容易才找到有信号的地方！找了两天！前天一直往东面走，昨天又往西走。今天仔细一想：不对！应该往北。北面虽然全是耕地，但正冲着河谷，对面就是永红公社……"

　　我再次打断："沙尘暴，说沙尘暴！"

　　我手机快要没电了。

　　我妈还好，隔几天能到河边的村庄里充一次电。我呢，虽然用的是超长待机的手机，为省电还大部分时候关机，但身在牧区，根本没法充电。往下又即将进入深山，更是与世隔绝。这场通话也许是这个夏天我们的最后一次联系了。

"对！沙尘暴！"那边又一次来了精神："哎哟！吓死老子了！你不知道哟，天边，远远地，就像一堵黄土墙横推了过来，两边都看不到头！几层楼那么高！老子当时想：完了，这下全完了。老子全家都要给埋到地下了！老子这辈子都没这么害怕过呢！操他先人……"

风声忽剧，接下来的话忽闪闪听不清。

我大喊"喂喂喂！"又四下走动。

十几秒后，信号稳定了，她的叫吼声重新传来："……葵花苗刚刚冒出头。我想：完了！这下苗子全给卷走了。就算不给风卷走，也要给土埋了！昏天暗地，跟天黑了一样！我们用毡子把地窝子的门洞塞得紧紧的，还是被漫进来的土气呛得咳嗽个不停。到处都是土，操他先人！——"

这时她突然停下来："喂？喂！听得到吗？有信号吗？"

"听得到。"

她仍焦虑大喊："听得到吗？怎么没声音了？"

"可以听到。"

"说话啊？"

"能听到！"

"喂！喂？"她反复大喊。

而我只能在这边孤独地回答："可以的，我能听到，你说，你接着说……"——像是冲着宇宙深处光年之外的事物孤独地回答。

很快，信号稳定下来，通话恢复正常。她继续说："……哎哟！你可没见那天的情形哟！吓死老子了，操他先人……"

"先别骂了！说后来的事，后来怎样了？"

"后来嘛，哎哟！你猜后来怎么着？苗都好好的！"

"我问的是人！"

"嘟——"电话断了。电量耗尽。

我又重新回到宇宙深处光年之外。

电话那头那个总是被不停抛弃的母亲后来怎样了？——电话一挂断，她就被掷向深渊。她顶着大风，站在大地腹心，站在旷野中唯一的高处，方圆百里唯一微微隆起的一点，唯一能接收到手机信号的小土堆上，继续嘶声大喊。

那时，沙尘暴已在几天前结束，恐惧早已消散。可她心中仍激动难息。

她无人诉说。每天一闲下来，就走很远的路，寻找有手机信号的地方。

这一天终于找到了，电话也打通了。

可是，几乎什么也没能说出。

她又连"喂"好几声，又重拨了好几次，才失望地把手机从耳边拿开。

她抬起头来，看到广阔的大地四面动荡。宽广的天空被四面八方的地平线齐刷刷地切割了一圈，切口处新鲜又锋利。她心想："可能再也不会下雨了⋯⋯"

十三　地窝子

第一年，我们住的是地窝子。于是到了第二年，我妈说啥也要买一顶蒙古包。最次也得整一顶帐篷。

我叔叔骂她就会享福。我妈说，又没享你的福。

我叔叔的意思是想赚大钱必须得吃苦。我妈的意思是赚钱归赚钱，吃苦归吃苦。

总之两人搞不到一起去。

三天两头地吵架，于是第二年便分开了——不是离婚，而是各承包了一块地，各种各的。

中间隔了几十公里。眼不见心不烦。

我妈讨厌地窝子。她说："到处都是土！刮一阵风，头发眉毛都白了。正吃着饭，吃上一口的时候稀饭还是白的，吃到下一口，饭上就糊了黑黑的厚厚的一层。"

外婆对此没啥意见。估计老眼昏花。

她每天的大部分任务就是睡觉。我在那个地窝子里住过几天，记忆中她永远躺在地窝子角落里的行军床上，睡啊睡啊，还总是大大咧着嘴。尘土滚滚，我真想替她戴个口罩。

这个地窝子是其他种地的人去年挖的。深一米五，十来个平方，还算整齐。

我们想不通，这么好的一个地坑怎么会被弃用呢？

反正先占住再说。

我们把四面塌垮的坑壁修修补补，架起了屋顶。

因为地坑太宽，我们带的木头都太短，没有一根能横跨整个坑顶。我们只好在地窝子里竖了根柱子，用两根木头拼成一条大梁——木头一端靠在坑沿，另一端架在柱子上，拼接处打上粗大的蚂蟥钉。

然后再往上面横着竖着担些短棍，算是勉强撑出一面屋顶来。

我妈撕开几只纸箱，把纸壳板铺在木棍上面。最后蒙上一大面塑料棚布，铲了许多泥土厚厚地盖上去，压住棚布，防止被风吹走。

虽说我们从此有了挡风避雨之处，但这也太简陋了。每当狗啊鸡啊鸭啊从上面经过，棚布破漏之处就簌簌落土。

并且不通风。我妈说："进入七月，天气一天比一天热，刮的风都是滚烫的。地窝子里跟蒸笼一样。热得我一动也不敢动，直接躺在泥地上，浑身淌汗。谁说地窝子冬暖夏凉？谁说的？——看我打不死他！"

叔叔把进出地窝子的坡道铲出几级台阶，又不知从哪里弄来了几块旧建筑上剥落的水泥薄片，铺在台阶上。从此大大方便了外婆的进出。

又因为附近几个地窝子里就我家出现了水泥这种奢侈品，便被各位邻居一致评为五星级地窝子。

该地窝子最大的缺陷是炉子的烟道不通畅，一到做饭的时候，地窝子里浓烟滚滚，呛得赛虎都跟着咳嗽。

炉子是我妈糊泥巴砌的石头灶。她不停返工，扒了重砌，砌了又扒，但一次不如一次。

她把这一切归结于烟囱太低的原因，为此专门骑摩托跑到杜热小镇买了一截新的铁皮烟囱，仍然毫无效果。

屋顶没留天窗，地窝子里总是黑洞洞的。然而安全感正来源于黑。外部世界实在太亮了，夜晚都那么亮。万物没遮没拦。只有我们的地窝子，在无限开阔之中伸出双手把我们微微挡了一下。

清晨，转场经过此地的骆驼经过我家地窝子时，也会绕道凑过来，冲着台阶下方那团黑暗窥视一番。

它们一个个堵在入口处，垂着脖子，低着头，侧着脸，好奇地瞅啊瞅啊。看着看着，脑袋就越凑越近。要不是肚子太大，就直接走进来了。

赛虎愤怒而无奈，只能在地底下嚷嚷不停。

沙尘暴来时，地窝子如诺亚方舟漂流在茫茫大海之中，是满世界咆哮中唯一安静的一小团黑暗。大家在黑暗中屏息等待，如同被深埋大地，如同正在渐渐生根发芽。

沙尘暴结束后，我妈小心翼翼揭开堵住通道的毡布，像登陆新大陆一样走上大地。

地窝子建成后，我没住几天就走了。逃一般走了。

离开的头一天，两个哈萨克小伙子经过此处，绕着我们的地窝子转了一圈，夸赞道："收拾得不错嘛。"

又告诉我，他们也是种地的，去年就住在此处。这个地窝子就是他们挖的。

我第一反应是：抢地盘的来了！一时不知做何反应。

他们又说："你们小心点。这里离水渠太近了。"

接下来才知道，他们是专程过来提醒我们的。

去年水渠水量大，一到通水的时候，地窝子就渗水。有一天夜里，水居然漫到齐膝深，鞋子都漂了起来，东面墙也垮掉了一大块，架在上方的檩木也松动下陷。地窝子差点给泡塌。

他们只好拆走梁木，弃坑而逃。

他们现在的地窝子特地挖得离水渠老远。

我听得心里直发苦。

眼下我们刚刚把这个住处收拾妥当，春播时分的农忙也展开了。这会儿再搬家的话得耽误多少事啊。

我妈他们一回来就赶紧把这事说给他们听。

我叔叔立刻走上地面观察地势。

而我妈干了一天的活，已疲惫不堪。短暂的紧张之后，就破罐破摔了："等水淹过来的时候再说吧。"此时，她只想躺着。

结果那一年大旱，灌溉水奇缺。

我妈他们倒宁可水多得地窝子都给泡塌了，也不愿面对这种局面。夫妻俩三天两头为了抢水和人拼老命，于是从头到尾都没想起这茬隐患。

我却一直惦记着这件事。在我的很多梦里，那个地窝子最终还是被水冲垮了。外婆还不知道水来了，仍睡在床上，大张着嘴，因为嘴里没有一颗牙而显得额外柔弱。

十四　外婆的世界

　　我是在我妈开始种葵花那一年决定辞职的，并提前把外婆送到乡下由我妈照顾。之前外婆大部分时候跟着我在阿勒泰市生活。

　　有一次我妈打电话给我，非常害怕的口吻："娟啊，你赶快回家吧，情况有些不对……"

　　"是不是外婆她……"

　　"唉，你外婆越来越不对劲儿了，你要是看到她现在的样子，肯定会吓一大跳。天啦，又黑又瘦，真是从来也没见她这么黑过……是不是大限要到了？你赶快回来吧，我很害怕……"

　　我赶紧回家，倒了两趟车，路上花了一整天工夫，心急如焚。

　　到家一看，果然外婆脸色黑得吓人，并且黑得一点儿也不自然，跟锅底子似的。

　　我又凑近好好观察。

　　回头问我妈："你到底给她洗过脸没有？"

她想了想："好像从来没有。"

…………

外婆跟着我时总是白白胖胖，慈眉善目。跟着我妈，整天看上去苦大仇深。

但又怎么能怪我妈呢？我妈家大业大，又是鸡又是狗又是牛的，整天忙得团团转，哪能像我一样专心。

在阿勒泰时，我白天上班，她一个人在家。每天下班回家，一进小区，远远就看见外婆趴在阳台上眼巴巴地朝小区大门方向张望。她一看到我，赶紧高高挥手。

后来我买了一只小奶狗陪她（就是赛虎）。于是每天回家，一进小区，远远就看见一人一狗趴在阳台上眼巴巴地张望。

我觉得外婆最终不是死于病痛与衰老的，而是死于等待。

每到周六周日，只要不加班我都带她出去闲逛。逛公园的绿化带，逛超市，逛商场。

阿勒泰对于她是怎样的存在呢？每到那时，她被我收拾得浑身干干净净，头发梳得一丝不苟。一手牵着我，一手拄杖，在人群中慢吞吞地走啊走啊，四面张望。

看到人行道边的花，喜笑颜开："长得极好！老子今天晚上要来偷……"

看到有人蹲路边算命，就用以为只有我能听得到的大嗓门说："这是骗钱的！你莫要开腔，我们悄悄眯眯在一边看他怎么骗钱……"

在水族馆橱窗前，举起拐棍指指点点："这里有个红的鱼，这里有个白的鱼，这里有个黑的鱼……"

水族馆老板非常担心："老奶奶，可别给我砸了。"

她居然听懂了："晓得晓得，我又不是细（小）娃儿。"

进入超市，更是高兴，走在商品的海洋里，一样一样细细地看，还悄声叮嘱我："好生点，打烂了要赔。"

但是赛虎不被允许进入超市。我便把它系在入口处的购物车上。赛虎惊恐不安，拼命挣扎。我们心中不忍，却无可奈何。

外婆吃力地弯下腰抚摸它的头，说："你要听话，好生等到起，我们一哈哈儿就转来。"

赛虎一个月大就跟着外婆，几乎二十四个小时不分离。两者的生命长久依偎在一起，慢慢就相互晕染。它浑身弥漫着纯正的外婆的气息。

它睁着美丽的圆眼睛看着我，看得我简直心虚——好像真的打算抛弃它一般心虚。

接下来，逛超市也逛得不踏实。外婆更是焦急，不停喃喃自语："我赛虎长得极光生（极漂亮），哪个给我抱走了才哭死我一场……"

我一边腹诽：那么脏的狗，谁要啊？一边却忍不住生出同样的担忧。

每次逛完回到家，她累得一屁股坐到她的行军床上，一边解外套扣子，一边嚷嚷："累死老子了，老子二回（下次）再也不出去了。"

可到了第二天，就望着窗外蓝天幽幽道："老子好久没出去了……"

那时候，我好恨自己没有时间，好恨自己的贫穷。

我骗她："我们明天就出去。"却想要流泪。

除此之外，大部分时间她总是糊里糊涂的，总是不知身处何地。常常每天早上一起床就收拾行李，说要回家。还老是向邻居打听火车站怎么走。

但她不知道阿勒泰还没通火车。她只知道火车是唯一的希望。火车意味着最坚定的离开。

在过去漫长的一生里，只有火车带她走过的路最长，去的地方最远。只有火车能令她摆脱一切困境，仿佛火车是她最后的依靠。

每天她趴在阳台上目送我上班而去。回到空空的房间，开始想象火车之旅。那是她生命之末的最大激情。

她在激情中睡去，醒来又趴到阳台上。直到视野中出现我下班的身影。

她已经不知时间是怎么回事了。她已经不知命运是怎么回事了。

她总是趁我上班时，自己拖着行李悄悄跑下楼。她走丢过两次，一次被邻居送回来，还有一次我在菜市场找到她。

那时，她站在那里，白发纷乱，惊慌失措。当她看到我后，瞬间怒意勃发。似乎正是我置她于此处境地。

但却没有冲我发脾气，只是愤怒地絮絮讲诉刚才的遭遇。

有一次我回家，发现门把手上拴了根破布，以为是邻居小孩子恶作剧，就解开扔了。

第二天回家，发现又给系了一根。后来又发现单元门上也系的有。

原来，每次她偷偷出门回家，都认不出我们的单元门，不记得我家的楼层。对她来说，小区的房子统统一模一样，这个城市犹如迷宫。于是她便做上记号。

这几块破布，是她为适应异乡生活所付出的最大努力。

我很恼火。我对她说："外婆你别再乱跑了，走丢了怎么办？摔跤了怎么办？"

她之前身体强健，自从前两年摔了一跤后，便一天不如一天。

我当着她的面，把门上的碎布拆掉，没收了她的钥匙。

她破口大骂。又哭喊着要回四川，深更半夜的拖着行李就走。

我筋疲力尽，灰心丧气。

第二天我上班时就把她反锁在家里。她开不了门，在门内绝望地号啕大哭。

我抹着眼泪下楼。心想，我一定要赚很多钱，总有一天一定要带外婆离开这里。

——那是我二十五岁时最宏大最迫切的愿望。

就在那个出租屋里，赛虎第一次做母亲，生了四只小狗。外婆无尽欢喜，张罗个没完。

然而没几天又糊涂了。一天吃饭时，端着碗想了半天才对我说："原来这些奶狗狗是赛虎生的啊？我还以为是买回来的，还怨你为啥子买这么多……"

没等我做出回应，她突然又提到另一件事，说八十年前有一家姓葛的用篾条编罩子笼野蜂，又渐渐驯化为家蜂。每次"割蜂蜜"能"割"三十桶，然后再"熬黄蜡"……细节详细逼真，听得我毛骨悚然。

我还没回过神，她又说起头天晚上做的梦。说有个人在梦里指责她，说她不好。她问道："哪里不好？"对方说："团团（家乡方言'到处'的意思）都不好。"

她边说边笑："老子哪么就团团不好了？"

可就在今天早上，她可不是这么说的。梦里的那个人明明是说她好。她问："哪里好？"对方说："团团都好。"

我便提醒她，帮她把原梦复述一遍，令她放下筷子，迷茫地想了好久。

我突然意识到自己介入她的世界太深。

她已经没有同路人了。她早已迷路。她在迷途中慢慢向死亡靠拢，慢慢与死亡和解。

我却只知一味拉扯她，不负责地同死亡争夺她。

我离她多远啊，我离她，比死亡离她还要远。

我和她生活在一起，终日在她的时光边缘徘徊——奇异的，难以想象地孤独着的时光。如蚕茧中的时光。我不该去试探这蚕茧，不该一次又一次干扰她的迷境。——以世俗的，自私的情爱。

每天我下班回家，走上三楼，她拄着拐棍准时出现在楼梯口。那是我今生今世所能拥有的最隆重的迎接。

每天一到那个时刻，她艰难地从她的世界中抽身而出。在她的世界之外，她放不下的只有我和赛虎了。我便依仗她对我的爱意，抓牢她仅剩的清明，拼命摇晃她，挽留她。向她百般承诺，只要她不死，我就带她回四川，坐火车回，坐汽车回，坐飞机回，想尽一切办法回。回去吃甘蔗，吃凉粉，吃一切她思念的食物，见一切她思念的旧人……但是我做不到。一样也做不到。

我妈把外婆接走那一天，我送她们去客运站，再回到空旷安静的出租屋，看到门把手上又被系了一块破布。终于痛哭出声。

　　我就是一个骗子，一个欲望大于能力的骗子。而被欺骗的外婆，拄着拐棍站在楼梯口等待。她脆弱不堪，她的愿望也脆弱不堪。我根本支撑不了她，拐棍也支撑不了她。其实我早就隐隐意识到了，唯有死亡才能令她展翅高飞。

十五　外婆的葬礼

在外婆的葬礼上，主持仪式的人端着一张纸面无表情地念悼辞："……李秦氏同志，几十年如一日，积极，投身边疆建设，为，四个现代化，和，民族团结，做出了，突出贡献……"

我站在人群中，恨不能冲上去把他的稿子夺过来撕得粉碎，再指着他的鼻子破口大骂：都2008年了，还四个现代化！

还有，"李秦氏"是谁？我外婆有名字，我外婆叫秦玉珍！

外婆静静躺在旁边的棺材里，再也无法为自己辩护。然而就算活着，也无法辩护。她倔强而微弱。她全部的力量只够用来活着。

此时，她全部的力量用完了。她躺在那里，全盘接受这敷衍了事的悼辞的污辱。

那人继续念："……我们，要化悲痛为力量，努力，学习和工作，建设祖国，维护边疆稳定，以慰，李秦氏同志，在天之灵。"

仿佛我外婆白白活了一场，又白白死了一次，临到头被那个投身边疆建设的李秦氏顶了包。

我外婆叫秦玉珍。

小时候，外婆带我去学校报名，填家长姓名时，她骄傲地报上自己的名字："秦玉珍！"

对方问："哪个玉？哪个珍？"

她更骄傲地回答："玉珍玉珍，玉就是那个玉嘛，珍就是那个珍！这个都不晓得嗦。"

其实她自己才不晓得。她不识字。

我弄丢了钢笔，外婆认为我是故意的，破口大骂："欺到我秦妹仔头上了！哪个不晓得我秦妹仔？哪个豁（骗）得倒我秦妹仔？"

在那个时候，我觉得她是永远的秦妹仔。永不老去，永不会被打倒。

可终究还是死了。

她一死，她的痕迹立刻被抹杀得一干二净。她的一生和那个司仪的总结毫无关系。并且她的死亡和前来参加追悼会的所有人也毫无关系。

追悼会上的人我一个也不认识。我妈也一个都不认识。

若棺材里的外婆这会儿坐起来，保证她更惊奇。她也统统都不认识。

和在场的所有人相比，我和我妈还有我外婆三个更像是外人。

　　棺材合盖之前，我最后一次抚摸躺在棺材里的那个人，悲伤而疑惑。这个瘦脱了形的人，一动不动的人，任凭棺盖扣在头顶，既不反抗，也不挣扎的人，怎么可能是我外婆？

　　下葬的时候，他们立起了碑，碑上只有"李秦氏之墓"几个字。落款一长串亲属名字，其中一大半和外婆一辈子也没打过交道，剩下的一小半也很少打交道。

　　唯独没有我和我妈的名字。

　　果然和我们仨都没关系。

　　当我很小很小的时候，外婆就已经很老很老了。那时她就已经为死亡做好了准备。

　　当时我们在四川，她张罗了好几年，修好坟山，打好墓碑。又攒钱订下棺材，停放在乡下老屋。

　　做完这些事，她心满意足，开始等死。

　　每当她生了大病，感觉不妙的时候，就会告诉我她的存折藏在了哪里。

　　藏存折的地方往往绝妙无比，任我想破头也想不出来的。

　　而每次她病一好，就悄悄把存折挪个地方重新藏起来，警惕性不是一般的高。

后来我又大了一些，她开始教我怎么处理她的后事。

她教我怎么给她穿寿衣，并反复嘱咐，快死的时候一定要把她挪到地上或拆卸的门板上，千万不能死在软床上，否则尸体会变形。

又教我到时候要记得把某物放在她脚下，再把某物垫在她身下……

我从七八岁便做好了准备，学习如何面对她的死亡，品尝失去她的痛苦，并且接受终将独自活在世上这个事实。

再后来，她跟随我们来到了新疆。出发之前，我们哄她，说过两年就回来。然而她知道，以自己眼下的岁数来看，"过两年"的说法实在没个准儿。

不止是我们，也不止她，所有人都认为这一次她恐怕再也回不去了。一个佛教协会的大和尚专程约她去照相馆合影留念。

外婆骄傲地说："师父说，要留个'记忆'。"

——我猜那和尚的意思大概是"纪念"。当时，我外婆是他们协会里年纪最大的会员。

到了新疆后，天遥地远，没有了坟山，没了棺材，她惶恐不安，感到无着无落。

但有时又显得非常洒脱。她对我说："我哪天要是死了，就把我一把火干净烧了。这是庙子上的师父说的。我们都是信菩萨的，不信那些请仙请神的……"

然而过了几天又反悔："还是莫要烧的好，我怕痛。还是埋了吧……"

她的寿衣已经准备了二十多年。无论走哪儿都随身带着。我在很小的时候就已经无比熟悉它的存在了。可不知为什么，到头来终究没能穿走。

整理旧物时，发现它们叠得整整齐齐，如最乖巧的猫咪一样卧在外婆乱七八糟的遗物中。

这更是令外婆的死亡失去了一粒最重要的核心。

在她的葬礼上，人人都说这是喜丧，活到九十六岁算是寿终正寝了。

可是我知道不是的。这是非正常死亡，是恶意的死亡。

把外婆折磨致死的种种痛苦，往下还要折磨我。

种种孤独，种种惊惧，挟持了外婆，也挟持了我。

都说"人死如灯灭"，可外婆死了以后，她的灯才慢慢亮起，慢慢照亮我们最真实的内心，和我们往后的道路。

记得前两年的一次分别，临行前，外婆非要把她手上的银镯子抹下来给我。但圈子有点小，一时不好取。

当时时间紧迫，另一边有人拼命催着上车。她不免着急起来。

我赶紧劝她："下次再说吧。反正冬天就见面了。"

然而我们都知道，所谓"下次"其实是越来越渺茫的概念。

她一边拼命抹镯子，一边解释："这是'记忆'！庙子上的师父都说了，人要有'记忆'。你二回一看到它，就记起我了……"

四川老话里并没有"记忆"这个词，我猜她从来都不知道这个词是什么意思。然而那一刻，她表达得无比准确。

那天，她最后还是戴着银镯子走了。

——带着没能为我留下任何"记忆"的遗憾，以及仍然拥有这只心爱镯子的微小庆幸。

她实在喜欢它，那是她耄耋之年的唯一财产。

此时，她静静躺在棺材里，平凡的银镯子挂在她干枯的手腕上。我趴在棺材沿上俯下身子，最后一次握住她的手。冰冷而僵硬。

她下定决心要将镯子送给我那一刻的强烈爱意此时已荡然无存。

棺材一落下坟坑，还没开始埋土，我和我妈就离开下葬的人群，从这场尴尬的葬礼中提前退场。

我也为外婆写了一份悼辞：

秦玉珍，流浪儿，仆佣的养女，嗜赌者的妻子，十个孩子的母亲。大半生寡居。先后经历八个孩子的离世。一生没有户籍，辗转于新疆四川两地。七十多岁时被政府召回故乡，照顾百岁高龄的烈属养母。拾垃圾为生，并独自抚养外孙女。养母过世后，政府提供的六平米的廉租房被收回，她于八十五岁高龄独自回到乡间耕种生活。八十八岁跟随最小的女儿再次回到新疆。从此再也没能回到故乡。

十六　回家

　　我回家了。我坐火车回到乌鲁木齐，又从乌鲁木齐坐夜班车去外婆所在的小镇，赶去见她最后一面。参加完外婆的葬礼后，又坐中巴车从镇上去永红公社。

　　"永红公社"，一听这名字就知道此处已被现实世界抛弃多年。

　　同车有个人第一次去到那里，一路上不停感慨："怎么这么远？……怎么还没到？……怎么一路上都没有一棵树？……"略带惊惶。

　　我暗想他有着怎样的命运。同车的人深深沉默，只有司机耐心地安抚他："走了一大半了……再有一个小时就到了……在这里，只有河边才有树……"

　　中巴车在公路上飘泊，公路在戈壁中起伏。我疲惫不堪。那人还在旁边惊叹："你说老辈子人咋想的？最早咋想到跑到这种地方来？这种地方咋过日子？"……他好像是多年前的我自己。

　　我强烈地熟悉车窗外的情景。虽然我和他一样，也是

第一次踏上这条路。

　　到地方了。在中巴车停靠的地方，我妈等待已经很久。

　　她的摩托车停在一家菜店门口，后座上已经绑了一堆东西。

　　她说："要不要逛逛？"

　　我朝东边看看，又扭头朝西边看看。

　　这个永红公社，只有一条马路，只有两排店面。

　　我说："算了。"

　　我妈说："那咱们就赶紧回家吧。赛虎一个人在家。"

　　我挤进她和那堆菜蔬粮油之间。摩托车发动，我跟着猛地往前一冲。

　　很快，摩托车把这个小小的镇子甩向身后的荒野深处。

　　一路上她不停夸耀自己的车技："看到前面那两个小坑没有？中间就一拃宽。看好了啊——看！过去了吧？……你知道哪儿有摩托车比赛的？咱不跟人比快慢，咱就比技术！不信你看，前面那块小石头，看到没有？看！——这技术！……"

　　这是我第一次坐她驾驶的摩托车。大约是刚买的新车，上次回家没有看到。

　　不过上次回家是什么时候？

　　上一次的那个家在哪里？

大约十公里后，摩托车下了柏油路的路基，驶上一条延伸进南面荒野的土路。又过了一条宽阔的排碱渠后，开始爬一段陡坡。

她停下车，扭头说："这路不好走，你下去自己走，从那边抄近道。"

我啧啧："这技术！"

登上这段陡坡的顶端，视野突然空了。戈壁茫茫，天空一蓝到底。

回头居高临下俯瞰整面河谷，乌伦古河寂静西逝，两岸丛林单薄而坚定。

突然想起不久前那个同车的异乡人。若此刻他也在此地俯瞰，大概就会明白老辈人的心意吧……

这条野道尘土飞扬。几公里后，开始有远远近近的田野一片接一片涌进视野。

和乌伦古河谷的绿意不同，田野的绿如同离地三尺一般飘浮着。辽阔、缠绵，又梦幻。

我们的摩托车在天地间唯一的道路上飞驰，前方那片绿色是唯一的港湾。

土路越走越窄，经过几个岔路口后，便只剩不到一尺宽。

眼下这条小路仅仅只是路的痕迹而已，只是这坚实大地上的一道划痕。

我妈说："这条路是我的。"

又说："本来这里没路，我天天骑车打水，来来回回抄近道，就走出了一条路。看，直吧？……这条路只有我一个人在使用。"

路的尽头就是我家的葵花地。葵花已有半人多高。

没有风，田野静得像封存在旧照片里。远远地，我一眼看到了田边空地上的蒙古包。

我妈说："到家了。"

大狗丑丑飞奔着前来迎接，向摩托车前轮猛扑，似乎想要拥抱我妈。

我妈大斥："不要命了？！"连连减速。

这是我第一次见到丑丑。我妈骄傲地介绍："我的狗，大吧？丑丑，这是你娟姐，快叫姐姐！"

丑丑闻了一下我的鞋子，犹豫了两秒钟便接受了我。

这时，我听到了赛虎的声音……似乎突然从漫漫长夜中醒来，这声音揭开我对"家"这种事物的全面记忆。

像是之前一直在没完没了地用各种各样的钥匙开锁，突然间试中了唯一正确的那把，锁开了。

锁开了，铁皮门刚拉开一道缝，赛虎就挤了出来。直扑过来，激动得快要哭泣一般。

我蹲下来拥抱它。抬起头一眼认出床板上的旧花毡，接下来又认出床前漆面斑驳的天蓝色圆矮桌，认出桌上一只绿色的搪瓷盆。没错，这是我的家。

又记起之前有过好几次，和此时一样，独自去向一个陌生的地方，找到一座陌生的院落……和此时一样，若不是我的赛虎，若不是这几样旧物，我根本不知那些地方与我有什么关系。

我妈急着拆解车上的包裹，她一面在包里翻找，一面和丑丑过招。而后者似乎有了预感，兴奋又焦躁，扯着她的胳膊不放。

果然，我妈最后取出了两根火腿肠。

分完礼物，我妈又赶紧去放鸡。

我尾随而去，又认出钉在鸡笼上的几块涂着蓝漆的木板。多年前，它们曾是我家杂货店柜台的一部分。

长长舒了一口气，感到这个家已经在心里悄然生根。

我问我妈柴在哪里，然后劈柴升火，烧水做饭。

十七 狗带稻种

外婆的葬礼结束的当天，我妈就赶回了葵花地边。而我在城里又多待了几天。

我妈担心赛虎，它已经被关在蒙古包里好几天了。虽然留有足够的食物和水，但它胆儿小，从没离开过家人，也从不曾独自呆过这么长时间。

还有大狗丑丑，因为又大又野，没法关起来，只好散养在外。这几天得自己找吃的打发肚皮。

还有鸡和兔子，也被关好几天了。得赶紧放出来透透气。

于是等我回到家，看到生活已经重新稳稳当当、井井有条。没了外婆，似乎也没有任何变化。

一到家，我妈赶紧准备午餐。非常简单，就熬了一锅稀饭，炒了一大盆刚刚在永红公社买的青菜。

菜被她煮了很久很久，还放了好多豆瓣酱。真是奇怪的做法。

更奇怪的是，居然也很好吃。

吃着吃着，突然意识到，这是我生平第一次觉得我妈做的饭好吃。

似乎每个人都会有说这样话的时候——"我好想吃我妈做的红烧肉啊！"

或者——"我想我妈做的糖醋鱼。"

或者烧豆腐或者鸡蛋面或者酸汤馄饨。

几乎每个母亲都有自己的拿手菜，几乎每个孩子对母亲的怀念里都有食物的内容。

我虽然是外婆带大的，但和我妈也共同生活了不短的时间，可却怎么也想不起来她给我做过什么好吃的。

我妈除了做饭难吃这个特点外，还有一个特点就是，她做的再难吃的饭她自己都能津津有味吃下去。

总之谁和她过日子谁倒霉。

我记得小时候，有好几次，吃饭吃到一半就忍不住吐了。

对此，我妈的态度总是："爱吃吃，不吃滚。"

幸亏有外婆。虽然外婆在养育孩子方面也是粗枝大叶的人，但在吃的方面从没委屈过我。

一想起外婆，对土豆烧豆角、油渣饺子、圆子汤和莲藕排骨汤的记忆立刻从肠胃一路温暖到心窝。

我一口一口吃着眼下这一大盆用豆瓣酱煮的青菜叶，恍惚感到，外婆死后，她有一部分回到了我妈身上。

或者是外婆死了，我妈最坚硬的一部分也跟着死了。

吃完这顿简单的午饭，我妈开始和我商量今后的打算。

今年是种地的第二年，她算是很有经验了，从地边的日常生活到田间管理，都比去年省心了许多。

但今年的大环境却更恶劣，旱情更严重，鹅喉羚的侵害更甚。

她一共补种了四茬葵花，最后存活的只剩十来亩，顶着刚绽开的小花盘，稀稀拉拉扎在荒野最深处。

附近远远近近十来家种植户，多则承包了上千亩，少的也有两三百亩。像我妈这样种了不到一百亩的独此一家。

而且承包的还是一块不规整的边角料地。春天翻地时，雇用的大马力拖拉机走得拐弯抹角，把司机快要烦死了。

而且我们的地还处于整面耕地的最边缘。用水时排在最后，受灾时顶在最前。

她说："所有人都说，再往下彻底没水了，这最后的十来亩可能也保不住了。"

又叹息道："这边缺水，水库那边那块地又太潮。听说去年那块地浇最后一遍水时不小心浇过了，打出来的葵花有一半都是空壳。"

最后她说："若不是实在没办法了，我也不想放弃。"

是的，她决定放弃这块地，任其自生自灭。

好把力量转移到水库边的那块地上。

幸亏今年种了两块地。

头一年这夫妻俩承包的是一块两百亩的整地，遇到天灾，一毁俱毁。于是到了今年，鸡蛋分两个筐放。我妈守荒野中这块九十亩的地，我叔叔守上游水电站边那块一百多亩的地。

那边紧靠着水源，虽然租地费用极高，但总算有保障。而这边的投入虽低，却带有一定赌博性质，基本靠天吃饭。

为什么宁可冒险也要赌一把？因为赌赢的太多，一夜暴富的太多。

记得第一年种地时，隔壁那块五百亩土地的承包者是两个哈萨克小伙子。他俩前几年正赶上风调雨顺，种地种成了大老板，还买了两人高的大马力拖拉机。后来被政府宣传为牧民转型的典型，还去北京开过劳模大会。

他俩非常年轻，乍然通过土地获得财富，便对这种方式深信不疑。之后无论遭遇了多么惨重的损失，仍难以放弃。

我妈也一样。她总是信心满满，坚信别人能得到的她也有能力得到。别人失去的，她也不畏惧失去。

她的口头禅是："我哪点不如人了？"

记得外婆很喜欢讲一个狗带稻种的故事。

很久很久以前，大水淹没旧家园，幸存的人们和动物涉过重重洪水，逃到陌生的大陆。这时人人一无所有，一切只能从头开始。

但是没有种子。滚滚波涛几乎卷走了一切。人们绝望不已。

就在这时，有人在一条共同逃难至此的狗身上发现了唯一的一粒稻种，唯一的一线希望。

原来狗是翘着尾巴游水的，使得挂在尾巴尖上的一粒种子幸免于难。

于是，整个人类的命运通过这粒偶然性的种子重新延续了起来。

外婆吃饭的时候，总爱用筷子挑起米粒给赛虎看："你看，这就是你带来的！"

她还常常揪住赛虎的尾巴仔细观察："别个都讲，狗的尾巴尖尖没遭水泡，颜色不一样，你哪么一身都白？"

外婆痴迷于这个传说，给我们讲了无数遍。似乎她既为狗的创世纪功劳而感激，也为人类的幸运而感慨。

一条狗用一只露出水面的尾巴拯救了整个人类，说起来又心惊又心酸。

我走在即将被放弃的最后一片葵花地中，回想与人类起源有关的种种苦难而壮阔的传说。然而眼下这颗星球，也许并不在意人类存亡与否。

外婆死了，一滴水消失在大海之中。一生寂静得如同从未在这世上存在过。但她仍圆满完成了她的使命，作为最基本的个体被赋予的最最微小的使命——生儿育女，留给亲人们庞大沉重的个人记忆、延绵千万年的生存经验及口耳相传的古老流言。是所谓生命的承接与文明的承接吧。

她穷尽一生，扯动世上最最脆弱的一根缆绳。

我看到亿万万根这样的缆绳拖动沉重的大船，缓缓前行。

两条狗缓缓跟在我身后。野地空旷沉寂。四脚蛇随着我脚步的到来四处闪避。

我蹲下身子抚摸赛虎。它的眼睛明亮清澈，倒映整个宇宙的光辉。只有它还不知道外婆已经死去。只有它仍充满希望，继续等待。

我忍不住问它："你带来的稻种在哪里？"

葵花地南面是起伏的沙漠，北面是铺着黑色扁平卵石的戈壁硬地。没有一棵树，没有一个人。天上的云像河水一样流淌，黄昏时刻的空气如液体般明亮。一万遍置身于此，感官仍无丝毫磨损，孤独感完美无缺。

此时此刻，是"自由自在"这一状态的巅峰时刻。

最后的十余亩葵花开得稀稀拉拉，株秆细弱，大风中摇摇晃晃。一朵朵花盘刚撑开手掌心大小，如瓶中花一样娇柔浪漫。

　　然而我知道它们最终咄咄逼人的美丽，知道它们最终金光四射的盛况。

　　如果它们能继续存活下去的话。

　　突然狗开始狂吠，一大一小一同蹿起，向西方奔去。我看到日落处的地平线上出现一个微渺的人影。

　　扭头看另一个方向，我看到正赤裸着上身拔草的我妈从容起身，不慌不忙向蒙古包走去。等她穿上衣服出来，那人的身影只变大了一点点。

　　我们刚立起的假人则站在第三个方向。等我们离开这里后，将由它继续守卫这块被放弃的土地。

　　突然而至的激情涨满咽喉，却什么也说不出来。我便大声呼唤赛虎和丑丑。喊啊喊啊，又像在呼唤普天之下所有一去不复返的事物。又像在大声地恳求，大声地应许。孤独而自由地站在那里，大声地证明自己此时此刻的微弱存在。

十八　稻草人

是的，我回家后，我妈给我安排的第一个任务就是做个假人，用来立在葵花田里吓唬鹅喉羚。

此类道具俗称"稻草人"。

可戈壁滩上哪来的稻草？连普通草都没几根。

我沿着地边的水渠上上下下逡巡了很远，只拾回一只上游冲下来的破塑料桶和两只装过化肥的包装袋，以及几只空农药瓶。

在野地里做饭大多烧煤，唯一的一罐液化气用于救急，能省则省。此外还有一堆粗柴枝，是搬家时随车拉来的，主要用于引火，已经不多了。我在柴堆里翻了翻，挑了几根最粗最长的，重叠起来绑成一把一人多高的十字架。

再把那两只白色包装袋撕开胡乱缠上去，最后将破桶顶在架子最上端。

——但这个东西怎么看都没个人形。我便翻出我妈的一条旧围裙和一件起满毛球的旧毛衣，给它穿了起来。

这回体面多了。

但左看右看，未免太平易近人了，能吓唬得了谁？

又把那几只农药瓶用绳子系成两串挂在它胳膊两边。

我把这个寒碜的稻草人平放在门口空地上，等我妈回来验收。

我家的鸡好奇地围上来，啄来啄去，议论纷纷。

后来丑丑对直走过去，就地一趴，枕着它的臂弯睡了。我妈的旧毛衣真温暖。

我妈回来后看了一眼，没有发表评论。

她房前房后忙乎了一阵，没一会儿，这位假人先生脖子上给挂了一长串花花绿绿的项链，是她用塑料包装纸拧成条编的。

然后她又毁了狗窝的门帘，给假人先生围了面披风。

最后我妈把这位先生竖起来靠着蒙古包站立。

它看上去无奈极了，像是为了哄孩子不得不这身装扮然而又被外人迎面撞见。

第二天，我俩抬着它走进葵花地，将它稳当当地栽在地上。

我妈最后一遍打理它的衣服，冲天边的鹅喉羚念叨："再别来我家了，饿了就去别人家吃吧，东面刘老板最有钱了！"

离开时我又回头看了一眼，它高高凌驾在海水一样动荡起伏的葵花苗地中央，滑稽而凛然不可侵犯。

有了假人先生，且不说在对付鹅喉羚方面是否有效，当夜我们总算稳稳睡了个好觉。

真是神奇，往常一入夜，丑丑就会神经兮兮地大喊大叫个没完。但今晚却出奇地安静。

我想象一个巨大而宁静的领域，以假人为中心，以鹅喉羚的视距为半径，孤岛般渐渐浮出月光下的大地……

我却渐渐下沉。深陷睡眠之中。

清晨，我去看它。朝阳从地平线隆起，光芒从背后推来，身不由己地向前走啊走啊。假人先生越来越近，纹丝不动，迎光而立，孑然一身。

昨天夜里它经历了些什么呢？明明才诞生一天，但此生已经比我漫长。

他坚定地沉默，敛含无穷的语言。我掏出手机拍摄，他正面迎向镜头，瞬间撑起蓝天。取景框瞬间捕捉到了天地间唯一的契机——天空洞开，大地虚浮，空气响亮，所有向日葵上升。快门的咔嗒声开启了最隐秘的世界之门。我看到假人先生抬起头来……

但是一移开手机，世界之门就关上了。

葵花地若无其事，每一枚叶片绝对静止。

只有假人胳膊上挂着的塑料瓶轻轻晃了一下。

我拍的那张照片美丽极了。为此我感激我的手机，它还不到四百块，居然有这么棒的拍摄功能。

可是后来手机丢了，幸亏之前把照片转存进了一块移动硬盘里。我感激我的移动硬盘。

但是后来硬盘摔坏了……被高高放置书架顶端。

我仍然感激，我知道假人先生仍在其中静静站立。就在硬盘的某枚碎片里，仍伸展双臂，守护着脚下无边绿浪……

无人见证。

奇迹发生时，我妈正在蒙古包里忙碌，小狗背朝我晒着太阳。

唯一通向我们的土路只有一尺多宽。

最近的人间，永红公社，可能比我们消失得还快。

中巴车来了又去。人们往往返返，渐渐改变心意。

脚下大地已存在了几十亿年，我却只活了几十年，我只有一个手机。奇迹发生时，强大的希望叠加强大的孤独，不能承受，想放声大哭……人生统统由之前从未曾有过，之后也绝不再发生的事情组成。

奇迹结束后，只有假人先生仍陪伴身边，温柔俯视我。

只有葵花四面八方静静生长，铺陈我们眼下生活仅有的希望。

十九　大地

四脚蛇是与大地最相似的事物。它匍匐不动，静静消失进万物之中。

它的寂静，是荒野全部的寂静浓缩后唯一的一滴。它的隐蔽，是世界之空旷敞亮的唯一源头。

正午阳光强烈，大地深处的寒气和阴暗全面敞开。我脱了鞋子，赤脚站在粗糙坚硬的大地上。站了很久仍无法消失。我是与大地完全相反的事物。

每当我站在光明万里的世界里，感到众目睽睽，无处躲避，便寻找四脚蛇的踪影，并长久注视着它。

那时，我仍无处躲藏，却能够忍受万物的注视了。

那时，会突然觉得自己能够说出许多羞于启齿的话语。

比如"爱"，比如"依恋"。突然觉得自己不再那么倔强，觉得自己和许多人一样纯洁。

和许多人一样，也是爱祖国，爱家乡的。也爱着人间丰富、庞杂、又矛盾重重的所有滋味。

而四脚蛇丝毫不为所动，它静伏于我两三步远处。阳光畅通无阻，它的身侧不投阴影。

　　它暴露在阳光中，却更像是隐蔽在阳光中。

　　四脚蛇有着狰狞可怕的形体，却生着一双温柔的、哭泣着的眼睛。我看它，它不看我。我紧盯着它，它永不为我侧转一丝一毫的视线。

　　阳光又白又烫，我直起腰身，闭上眼睛。

　　再睁开眼时，世界翻过一页，已有所不同。

　　不同之处如此细微，我却一眼就发现了。

　　——四脚蛇的尾巴翘了起来，做梦般翘了起来。

　　以缓慢得近似于停止的速度，越翘越高，细，长，无限延伸。

　　我又眨了眨眼，这回看到它的尾梢朝着头部卷曲起来，卷了一圈半才静止。线条无懈可击。

　　它的头部微微仰起，它的倾听也无懈可击。我被屏蔽在它的倾听之外。我是最无力的旁观者，用力推动眼前的玻璃屏障，不但被阻止，也被禁锢。简直想大声呼喊。紧接着，我又被屏蔽在万事万物的倾听之外。

　　在这片干涸、粗糙的荒野中慢慢往前走。大地沉重，天空轻盈。

　　走啊走啊，一直走到最后，大地渐渐轻盈无比，载着我动荡着上升。而天空却蓝得凝固了，沉重地逼临下来。

只有太阳永恒不变，永远不可直视。

突然想起戈壁滩曾经是海。

眼下这宽广空旷的情景，正是一场漫长悲剧故事的大结局。

可有人仍在说："……直到地老天荒、沧海桑田……"

就在这时，期限到了，誓言失效了。

我弯腰仔细打量一株草，它的叶片细碎，黯淡，却完整而精致。又拾起一块卵石，擦去尘土，看到它色泽浓艳，玉石般细腻。眼前这一切从来都不曾在意过大结局的事。只有我耿耿于怀。

走啊走啊，我想，若不是穿着鞋子，脚下大概很快就长出根了吧？若不是穿着衣服，四肢很快就长出叶子了吧？

越走，越感到地心引力的强大。我一步比一步沉重，一次又一次地抗拒成为一颗种子。

花盆里的种子，总是手持盲杖般前行，总是四顾茫然，小心地伸出触角又反复缩回。它侧耳倾听。整个白天深深潜伏，到了夜里才小心地分裂细胞。

而大地中的种子们无所畏惧，你呼我应，此起彼伏，争先恐后蔓延根系，横冲直撞，呼呼拉拉，沸沸扬扬。

人来了。他脚步所到之处，植物间互相"嘘——"地提示，一片接一片屏息。待其走远，才重新沸腾，重新舒展。

人走到这边，那边抓紧时间开一朵花。

人走到那边，这边又赶紧抽一片叶子。

如果说作物的生长是地底深处黑暗里唯一的光芒，那么，那个人经过的大地，随着他脚步的到来，一路熄灯。

他的每一个脚印都是无底深渊。

所以，当我妈走在无边的葵花地里时，她身后拖拽的影子才会那么黑暗，她的背影才会那么孤独。

她拖着长长的阴影，像是全世界负荷最重的人，最疲惫的人。

大地尽头，两只矫健美丽的黄羊互相追逐，从一个远方消失向另一个远方。

鹰在上空盘旋。

风绵而有力地吹。

外婆在大地上远远地蹒跚行来。她拎着一条袋子，不时弯一下腰。

我知道她在拾干牛粪，拾回家烧火取暖。

小狗赛虎在她身前身后欢乐地跳跃着，来回奔跑。

我知道那是小时候的赛虎。

我知道我看到的是一幕多年前的情景。

我猜测我妈是不是曾在此处给我打电话。那一次电话好容易通了，她却不知和我说什么好。

她四面张望，看到远处的葵花地正一片一片地枯萎，看到更远的地方，黄羊成群躲避着追赶的摩托车，看到天空明晃晃的，一点也没有下雨的征兆。她叹口气，说："你什么时候回家？"

我至今仍无法回答。

我无处遁形，又四处寻找四脚蛇。

这一回，它再也不愿出现了。

二十　闯祸精

总的来说，大狗丑丑的缺点多于优点——样子凶，吃得多，记性差，咬赛虎，追鸡。除此之外，还爱偷鞋子。

不，应该是收集鞋子。

它几乎把眼下这片万亩耕地上的所有鞋子全收集到了我家蒙古包后墙的土堆旁。

于是隔三岔五的便有人光着脚前来找鞋。在那堆鞋子里翻来翻去，像身处派出所失物招领室。

而丑丑卧在一边边晒太阳边摇尾巴，俨然这一切不关它事。

它不但喜欢从别人家往自己家收罗鞋子，还热衷于把我家的鞋子往别人家送。真是难以理解的嗜好。

最初发现它这个嗜好那天，我妈早上一起床就发现少了一只鞋。

荒野中不可能丢东西，何况是一只又破又脏的旧鞋。

当她正找得翻天覆地的时候，突然有人上门了。是承包隔壁那块地的老板雇的长工，一个十几岁的哈萨克男孩，住在一公里外的地窝子里。

他拎着一只破鞋问我妈："阿姨，这是你的吗？"

我妈一头雾水。他又说："你的狗，拿到，我的房子。"他汉语不太灵光。

虽疑惑不解，我妈还是赶紧道谢。

但他还了鞋子后仍没有离开的意思。忸怩半天又说："阿姨，我的鞋，你找一找嘛……"

再一看，这孩子光着脚。

对我们来说，这种事情第一次发生。对这个孩子来说却是第二次。

上一次他丢了鞋，和我妈一样纳闷，谁会来到荒野里偷鞋呢？

实在找不到，只好把另一只也扔了，光着脚干活。

过了几天，他运农药时路过我家蒙古包，一眼看到我家丑丑卧在太阳地里，正抱着他的鞋又咬又啃，玩得不亦乐乎。

他夺回鞋子，又回头去寻找扔掉的另一只。

另一只没找到，却找到我妈的鞋。

我妈又窘又恨，连忙高声骂狗，带着那孩子去屋后找鞋。

那是我妈第一次发现丑丑的鞋类收藏中心。琳琅满目……有男式的有女式的，有单只的有成双的，有新有旧。

我妈仿佛看到方圆百里所有承包土地的老板们统统光着脚的情景……

我妈一时头大，委托那男孩把消息传出去。

从此，住这附近的，不管是谁，一丢了鞋就对直往我家跑。

另外，只要住这附近的，晚上睡觉前都把鞋子妥善收进室内。

我妈则把鞋高高挂了起来。

至于那男孩，到底还是没找到他的鞋。我妈只好赔了他二十块钱。可那又有什么用呢？总不能把钱糊在脚底板吧？

在这荒野里，有钱也没处买鞋子。

除了收集鞋子，丑丑这家伙还喜欢逮鸡玩。

逮到鸡后，也不吃，也不咬，就像抱娃娃一样把人家抱在怀里，然后用舌头反复舔啊舔啊……把鸡舔得浑身都湿透，瑟瑟发抖。

这种把戏共玩过两次。一只鸡给活活吓死了。另一只虽然被我妈及时营救出来，从此也萎靡不振。

还舔过兔子。把人家摁在地上，先顺毛舔，再逆毛舔。把兔子舔得呆若木兔，跳都不会跳了。

丑丑唯一的功劳是驱赶鹅喉羚。前段时间闹灾，鹅喉羚天天来啃葵花苗，丑丑一看到就追，令我妈很欣慰。

虽然追的过程中，被这家伙踩坏的秧苗并不比被羚羊糟蹋的少。

受到鼓励后，这家伙得意忘形，从此看到四蹄动物就追，包括人家牧民的羊。

春天，此处是游牧大军的必经之地。这家伙一看到羊群就兴奋得狗眼炯炯，对直往羊群里冲，东奔西突，叫嚣连天。羊群惊得四散而去，牧羊人气得肺炸。

他策马狂奔，东边跑了跑西边，好半天才能把羊群重新聚拢到一起。

每到那时，我妈束手无策。喊吧，喊不回来，打吧，又追不上。最后干脆装作不认识这条狗。

嗯，丑丑这家伙吧，虽说让人心烦，但若是半天不见踪影，我妈还是很惦记的。

今年大旱，上游泵房的水往往还没流到我们这块地里，就给用完了。

眼看着葵花一片一片干掉，我妈日夜焦灼，急得满嘴上火。

好容易水来了，这当头丑丑又不见了，一晚上都没回家。

第二天，她一边浇地，一边东张西望，大声呼喊。

直到下午仍不见狗影。我妈不由胡思乱想、心慌意乱。

但地没浇透之前，人没法离开，得一直跟着水流走，一条埂子一条埂子盯着浇，防止水流从田埂薄弱处冲散出去。

总之她好几次简直想把水先停掉，等找到丑丑后再安心干活。

要知道，这可是盼了很久很久的水，一旦关上水阀，立刻会被下游农户抢走。

——似乎到了那会儿，天大的事情也比不上那只可恶的狗重要。

还有一次，守上游水库边那块地的叔叔骑摩托车来看我妈。回去时，这只蠢狗怎么赶都赶不回，硬是跟着跑了几十公里。

爪子上的蹄心肉全打破了，一步一个血印。

我妈心疼坏了，只好给它做了四只鞋子。

可这家伙不领情，不到半小时就全给踢没了。

我妈骂我叔叔："为什么不把它抱在摩托车上一起走？"

我叔大怒："你养的狗你还不知道吗？它肯乖乖坐在车上吗？！"——原来也不是没试过。

后来实在拿这家伙没辙，他只好减速慢行，车开得比推着车步行快不了多少。

两口子为这狗真是操碎了心。

我妈说："哎，我的丑丑最好了。"

我说："就会惹祸，有什么好的。"

我妈说："它会赶黄羊。"

我嗤之："天啦，好大的本领。"

她想了想，又说："它陪伴了我。"

二十一 孤独

大部分时候我妈独自一人生活。在阿克哈拉村，她的日常安保措施如下：

在房子后墙上多挖一个后门，一旦有坏人闯入，就从后门撤退；

若坏人追了上来，就顺着预先靠在后门外的梯子爬上屋顶；

若是坏人也跟着爬上来，就用预先放在屋顶上的榔头敲他的头……

此外，还有椅垫下藏刀子，门背后放石灰等诸多细节。

哎，她老人家国产连续剧看太多了。

她说："能不害怕吗？就我一个人。"

说来也奇怪，像我妈这么胆小的人，到了荒野里，一个人守着一大块地，生活全面敞开。再也没有墙壁了，也没有后门、梯子和榔头……却再也不提害怕的事了。

她说："怕什么怕？这么大的地方，就我一个人。"

真的再也没有人了。在戈壁滩上，走一个小时也没遇到一个人。如同走了千百万年也没遇到一个人。不但没有人，路过的帐篷或地窝子也没有炊烟，眼前的土路上也没有脚印。四面八方空空荡荡。站在大地上，仿佛千万年后独自重返地球。

关于地球的全部秘密都在风中。风声呼啸，激动又急迫。可我一句也听不懂。它拼命推我攘我，我还是什么都不明白。它转身撞向另一场大风，在我对面不远处卷起旋风，先指天，后指地。

我目瞪口呆，仿佛真的离开地球太久。

风势渐渐平息。古老的地球稳稳当当悬于宇宙中央。站在地球上，像站在全世界的至高点，像垫着整颗星球探身宇宙。日月擦肩而过。地球另一侧的海洋，呼吸般一起一伏。

眼下唯一的人的痕迹是向日葵地。秧苗横平竖直，整齐茁壮。我走进去寻找我妈，又寻找赛虎和丑丑。地球上真的只剩我一人。

我回到家，绕着蒙古包走一圈。突然看到一只鸡在附近的土堆旁踱步，并偏头看我。这才暗舒一口气。

我妈说："我有时候想唱歌，却一首也想不起来。有时候突然想起来了，就赶紧唱。有时候给赛虎唱，有时候给兔子唱。"

赛虎静静地听，卧在她脚边抬头看她。眼睛美丽明亮，流转万千语言。兔子却心不在焉，跳跳走走，三瓣嘴不停蠕动。

兔子尾随她走向葵花地深处。兔子的道路更窄，兔子的视野更低。世界再大，在兔子那里也只剩一条深不见底的洞穴。

而我妈高高在上，引领兔子走在幽深曲折的洞穴世界里。我妈不唱歌的时候，洞穴前不见头，后不见底。我妈唱歌的时候，洞穴全部消失。兔子第一次看到天空和海洋。

劳动纯洁而寂静。我妈心里惦记着该锄草的那块地，惦记着几天后的灌溉，惦记着还没买到的化肥。所有的这些，将她的荒野生活填得满满当当。

她扛着铁锹从地东头走到地西头，心里一件一件盘算。突然一抬头，看到了世上最美丽的一朵云。她满满当当的荒野生活瞬间裂开巨大的空白。她一时间激动又茫然。

她想向世上所有人倾诉这朵云的美丽。她想：在倾诉之前，得先想好该怎么说。于是她就站在那里想啊想啊。云慢慢变化，渐渐平凡。她心中的措辞却愈加华美。

她又想唱歌。仍旧想不起一首。这时她发现兔子不见了。她想，兔子和云之间肯定有某种神秘的联系。至少，它们都是白的。

赛虎也是白的。但它是不安之白，退避之白。它有无限心事。它总是不被允许进入葵花地，因为它的腿受过重伤，我妈不忍心它走动太多。

她对它说："不许跟着我，就在这里自己玩。我一会儿就回来接你。"

它似乎听懂了，原地卧下。我妈边走边回头望。它一动不动凝视她，乖巧得近乎悲哀。

它是黑暗之白，破碎之白。

我妈无数次离它远去，也无数次转身重新走向它，抱起它，一同深入葵花地深处。

我做好了饭，在蒙古包里等我妈回家。等着等着就睡着了。

哪怕睡着了，也能清晰感觉到置身睡眠中的自己是何等微弱渺小。

睡眠是地球上第二巨大的事物。第一巨大的是安静。

我在梦中起身，推开门，走向远处的葵花地。走了千百万年也没能抵达。

千百万年后我独自醒来。饭菜凉了，我妈仍然没有回家。

吃饭的时候我妈再一次称赞："这里真好！一个人也没有！"

我说："那出门干嘛还锁门？"

她语塞三秒钟："关你屁事。"

二十二　我妈和我叔

我妈脾气暴躁。当年还是人民教师那会儿，对于一切调皮学生统统采取铁血政策。

其中有一小子屡教不改，可被我妈打惨了。那小子的妈也不是好惹的，跑到学校跟我妈拼命。于是两个妇女当着一班学生的面扯头发搋领子扭打成一团，并骂尽一切无法复述的脏话，令校领导颜面尽失。

可惜领导们还没来得及展开批评教育，我妈就先炒了领导。辞职回家，种地喂猪去也。

后来，事实证明她果然更适合干这行。不但棉花产量全连第一，养的猪也贼肥贼肥，一举打破连队猪场历史记录（我妈当年是兵团职工）。

三岁看大，八岁看老。我妈从小就不是好惹的。刚上小学一年级就显山露水，同桌男孩要是不帮她写作业，就把人家打得满地找牙。

直到上了初中，个头儿、体力渐渐跟不上男生了，打十次架才能赢一次，这才稍知畏怕，略微懂得什么叫作

"忍气吞声"。

后来成家立业，更是称王称霸，作风强硬，可把身边的人害惨了。

作为她各种婚姻的目击者，我觉得我这辈子根本就不用结婚了。看都看够了。

不过呢，这一次她和我叔叔的婚姻似乎有点不一样了……据我观察，这一次她似乎额外用心。

至少，这一次还领过结婚证。

之前说过，我妈做饭特难吃。她老人家不以为耻反以为荣，光明正大地凭持这个缺点拒绝做饭。她说："反正我做得不好吃，不合你们意。"

我们说："那你就不会学着做饭，想法子做得好吃点儿？"

她嘴一撇："没那本事。"

结果和我叔叔结婚不到半年，本事就有了。

那时，两个人该打的打了，该闹的闹了。不出意料之外。

出人意料的是，打过闹过，她居然给我打电话，让我帮她在城里买几本家常菜谱……

还向我诉苦，说叔叔骂她了，嫌她连饭都不会做，算什么女人。于是，她要争口气。

据我冷眼旁观，她结过那么多次婚，没一次对做饭这种事上过心。所以说，这一次可能是真爱。

每当我妈洗完脸开始抹面霜时，总会恨恨地说："大宝啊！我都滋润好多年了！"

她嫌大宝油太干，抹了跟没抹一样。却无可奈何。那一瓶大宝用了七八年都没用完，一直舍不得扔。

她平时洗完脸很少抹面霜的。如果抹的话，说明这一天需要出席重大场合，得稍微修饰一番庭面。

可今天没什么大事啊，不过是到水库那边巡视一下另一块地而已。

况且是骑摩托车去，一路上又是风又是土的，整得再隆重也是白整。

对了，何止抹了油，还洗了头！在用水异常艰难的情况下。

还穿上了唯一一套体面的衣服。皮鞋更是刷得锃亮。

当她浑身上下闪闪发光地从灰头土脸的蒙古包里走出来，顿时令我想起了一句俗语：鸡窝里飞出金凤凰。

等我俩到了地方，下了摩托，看到我叔叔兴高采烈从地头奔跑过来，大喊："咦！这是谁啊？"——的时候，我才明白过来……暗骂自己蠢货。

别看我妈和我叔三天两头吵得天翻地覆，不吵架的时候，幸福值还是蛮高的。

我妈这人特唠叨。我叔叔不干活的话，念叨个没完，干活的时候还是念叨个没完："干活就干活嘛，干嘛丧着个脸？……看你那副死不情愿的样子！要是不情愿的话就别干了呗，摆这副臭脸给谁看啊？……我也不要求你笑成啥样儿，至少嘴角要朝上弯一弯吧？……至少得露出几颗牙吧？……还有眼睛，眼睛也得两边眯一眯……哎——对了！就这样！……啧啧！娟儿，你快看你快看，你叔叔笑得真好，笑得像个豌豆荚！"

其实我叔笑起来并不好看。他前几年中过风，至今仍有点眼斜嘴歪。

不但如此，手脚也不如常人麻利，生活中很多事情都不太方便做。

比如解裤腰带。

他原先那根皮带系了十几年，终于断在葵花地边。一时半会儿舍不得买新的，也不知从哪儿拾了根小孩才用的帆布细腰带，天天凑合着拴裤子（为了冬天能多塞几条毛裤，我们这边的男人统统都穿大裤腰的裤子，平时必须得勒腰带）。

可那种腰带系法特殊，对他来说很麻烦，很难解开。往往是越着急越解不开，于是每次方便之前都得找我妈帮忙，先给解开了，再提着裤子往厕所走。

我妈不在他身边时，只好跑到村里的公用厕所外面等着，若是有人来上厕所，就请求人家帮着解一下……他自恃年纪大，便脸皮厚。

久了，村里人都知道了他这一窘境。

当地的年轻人都特别懂事，若是远远看到他守在厕所边，大都会主动绕道过去帮这位长辈脱裤子。

对于他种地这件事，我一直是反对的。他血压高，又中过风，还瘫过一次，那次躺了一年才站起来。田间地头的活计可不轻松，很多时候都得重体力参与。累着了，急着了，摔着了，搞不好又得脑溢血。

其实我妈也有这方面的担忧，但仍然同他一起承担风险。

某种意义上，他俩是一样的人吧？赌徒般活着。

风很大，两人互相搀扶着走在地里，顶风前行，满面尘土，头发蓬飞，俨然一对患难夫妻。

看到我端起相机，两人不约而同冲我挤眉弄眼扮起怪相。像全无所谓，又像在掩饰狼狈。

二十三　鸡

　　我家的公鸡特心疼老婆，整天眼珠子似的护着。喂食的时候，母鸡们一拥而上，只有它慢吞吞跟在最后面。当母鸡们紧紧围着食盆埋头苦干的时候，它只在外围打转，东张西望，俨然便衣警卫哨探周遭形势。

　　其实看得出它也很想吃，但极力忍耐。

　　直到所有老婆都吃得心满意足，渐渐散开，它才凑到盆跟前啄些剩下的碎渣子。

　　这只公鸡又瘦又矮，羽毛枯干稀松，尾巴上的长翎毛秃得只剩最后一根。冠子萎缩着，耷拉到一边。但仍然显得非常神气。国王一样神气。

　　因为在所有的鸡中，它是唯一的公鸡。

　　它骄傲地拖着最后一根尾巴毛，巡视后宫，踱步众爱妃间，对一切感到非常满意。

　　我妈在荒野中养了五十多只鸡。她的想法很简单——反正地盘大，养得下。

地盘何止大？简直无边无际。

至于为什么不养五百只五千只？原因也很简单，鸡食不够……

总之我非常反对我妈养这么多鸡。为了省麸皮饲料，得天天到地里拔草。拔得我头大。

其实我刚到地头时，家里只有十来只从家里带来的鸡。可她发现鸡一撒开散养，长势喜人，还不易生病，比关在院子里好养多了。

再加上我回家了，不能闲置我这个劳动力，便又从镇上买了几十只半大的鸡苗。

唉，我家无论搬到哪儿，都能算得上当地的养鸡大户。

我妈和我外婆都特喜欢养鸡。当我家只有六平米面积的时候仍坚持养鸡，当我们住楼房后仍要养鸡，当我家在牧场上跟随牧民四野辗转的时候仍不懈养鸡。

问题是我们家无论谁都不爱吃鸡肉，也很少吃鸡蛋。不晓得养鸡干什么。

在阿克哈拉村，为了帮助定居牧民致富，有几年政府每年免费发放鸡苗。

因为是免费的嘛，大家不管会不会养，多多益善往家里领。

然而养鸡和放羊到底是不一样的，大家都没什么经验。再加上对免费的东西懒得上心，于是成千上万的鸡苗发下去没几天就死了十之八九。能够熬过那年长冬的更是寥寥无几。

第二年，我妈在店门口挂起收购鸡的牌子。很快，就有村民把最后的幸存者送到我家。

——那些哪是鸡！分明是刚下了战场的残兵败将……

一个个背上、翅膀、腋下统统没有毛了。正值夏天，裸露处被蚊子叮得红肿吓人，伤口累累。（顺便说一句，阿克哈拉是我经历过的蚊子最多的地方。若要形容其密度，最合适的词只有"黑压压"——真的是黑压压的蚊群，云雾一样在野地草丛中荡漾。）

还有好几只经历严冬后，爪子整个冻掉了，只剩两支光脚杆，一跳一跳地在地上戳着走。夜里上不了鸡架，只好卧在冰冷的地上过夜。时间久了，肚子上也给磨得不长毛了。

其他侥幸没给冻掉爪子的，也统统冻掉了脚趾，每根爪子上的四根爪指都只剩一公分长的短短一截。

还有，所有幸存鸡里，鸡冠子整个冻掉的占一半之多。

我妈大恸，连呼造孽。不管还能不能养活，统统买了回来。

然后翻出一堆破床单烂窗帘旧衣服，给这群光屁股的家伙们一人做了一身衣服……我妈是资深裁缝，这点小事难不倒她。

她不但给鸡做过衣服，还给我家狗缝过裤衩（避孕），给我家牛缝过胸罩（给小牛断奶）。

由于只为避蚊防寒，衣服做得不甚讲究。穿上后，比光屁股体面不到哪儿去。

这群笨蛋，不知道穿衣服是为它们好。穿上后，一个个跟上了刑似的，惊得上蹿下跳。又转着圈儿不停摇晃，以为这样就能摆脱这身衣服。

后来又不停从墙篱笆最窄的缝隙里挤过来挤过去，指望能把衣服挂掉。太小瞧我妈了。

好在时间久了一个个也就习惯了。还有了自己的新名字，穿红衣服的叫红鸡，穿绿衣服的叫绿鸡……以此类推。

每天早上一打开鸡圈，红黄蓝紫一窝蜂涌出。那情景蔚为奇观。

这支队伍被我妈命名为"丐帮"。太形象了。一个个缺冠子少眼的，一瘸一拐，左摇右晃，还穿着破破烂烂的衣服。

无论流窜至何处，总能引起村民惊呼："真主啊！这是什么？！"

再后来村民习惯了，熟视无睹。只有外地人还会大惊小怪。

尤其是路过此处的司机，突然看到前面路边花花绿绿一群，有天大的急事也会踩一脚刹车，看个仔细。

虽不雅观，却卓有成效。一个个从此白天不怕蚊子叮，晚上也不怕冷了（戈壁滩上早晚温差大）。

不到两个月，大家裸露的皮肤渐渐消肿，并恢复成正常的浅肉色（之前是紫红色），伤口也很快愈合、结疤。

到了秋天，一个个腋下和腹部还渐渐长出了一层新的绒毛。

到了第二年，除了个别几只翅膀尖上仍光秃秃以外，大家身上基本上都覆盖了新毛。

然而，从此就只有这层短绒毛了，再也长不出硬而宽的羽毛。

无论如何，大家都好好地活了下来。只是一个个丑精八怪的，丑得我们都不敢吃。

为了省饲料，有好几次我妈打算宰杀。但拎着刀，看着它们疤连疤的皮肤，畸变的腿脚，残破的鸡冠……由衷地恶心……没法下口……

于是这个系列的鸡最后统统寿终正寝，被我妈养老送终。也算是不幸中的大幸。

总之，我妈去野地种葵花时，把这支队伍也带上了。

这支队伍特别能吃苦，特别能战斗，置身荒野后更是个个如狼似虎。

相比之下，我妈养的第二拨鸡统统都是良家妇女。

不过，良家妇女们在荒野中散养了没几天，也纷纷改头换面，成为泼妇，继而为土匪。

　　每次喂食时，我端着食盆刚刚出现，下一秒就被里三层外三层围得铁桶一般。个个上蹿下跳，鸡毛满天飞，恨不能把我也吞了。

　　要是一群人这么折腾，保管每天都会发生两三起重大踩踏事故。

　　其中有一只特狠。我身上只要有露出一点肉的地方，只要在它的攻击范围内——比如脚脖子——稍有疏忽，立刻被它扑过来一口叼住……

　　之前，我只知道鹅咬起人来不亚于狗，现在才知道鸡嘴壳也不是省油的灯……

　　那个疼啊！

　　这家伙就像叼虫子那样，只叼着一丁点儿肉，死掐着不放。我提起那条腿甩啊甩啊，不使出几分劲儿还真甩不掉它！

　　真是小鸡中的战斗鸡。

二十四　鸭子

　　有段时间我住在阿克哈拉的家里，没有网络，生活中一遇到疑难杂症就打电话骚扰城里的朋友。

　　一次我向朋友询问如何制作板鸭。

　　她说："我咋知道？我又没做过。"

　　我说："帮我上网查查嘛。"

　　她又问："你做板鸭干什么？"

　　"便于长期储存。"

　　"放冰箱啊。"

　　"我家有三十多只鸭子，全宰了冰箱放不下。"

　　"分批宰啊，吃完一批宰一批。"

　　"不行，得一次性统统解决掉。它们太能吃了，养了一群猪似的。眼看饲料不多了。"

　　"干嘛要养这么多？"

　　"因为我妈想做一件羽绒服。"

　　"……"

　　"得多养几只，才薅得够鸭绒啊。"

"咳，去商场买一件不就得了。"

"是啊，我也这么说的。可她疑心病大，担心人家填的不是好毛。她觉得只有自己养的最放心……而且她觉得自己是裁缝，没啥做不出来的。"

——以上，是我妈养鸭子的由来。

养鸭子的事先放一放，先说拔毛。

直到拔毛的时候，我才明白羽绒衣为什么比棉衣贵……

因为毛太难拔了！

具体有多难拔呢？想来想去，我觉得只有拆十字绣可以与之相提并论。

而且是拆一幅名曰"万里江山图"的二十米长的十字绣。

绣二十米都没那么麻烦！

拔鸡毛的话，开水一烫，只管大把大把地薅。

可是，为了不伤害羽绒，鸭毛只能一根一根硬拔。

先拔去长而硬的羽毛，直到死鸭子浑身只覆盖一层绒毛了，才一点一点地扯。

那种时候，真的感慨极了。鸭子们长出羽毛的原理和历程，保管比最最庞大的化学方程式还要复杂，比最最先进的电子仪器还要精密，比任何设计图纸中的巨型建筑群都要稳固强韧……这是大自然亿万万个大手笔之一。

可到头来，却只为了人类的一件衣服而存在。

总之，鸭绒太难拔了……

处理了不到半只鸭子，手指头就拽残了。

等三十只鸭子处理完毕，我和我妈的母女感情也就遇到坎儿了。

当时的我，无工作，无收入，无住处。屋檐之下，必须低头。

虽然我直到现在都不觉得养鸭子做羽绒衣是个靠谱的想法，但没有任何建议权，对于我妈的工作安排，丝毫抗议不得。

好吧。也许还有更好的拔毛的办法吧。也许工厂批量处理鸭绒自有核心技术。但我没法知道。

在封闭的荒野小村阿克哈拉，我妈想要一件羽绒服，便用想象中的笨法子一点一点向这件衣服靠拢。

就像过去年代荒远山村里的穷人们，想穿一件新衣服，得提前两年种棉花。棉花收获后，捻成线，织成布，翻山越岭背到染坊染色。第三年才得上身。

问题是已经21世纪了啊……

总之拔鸭毛拔得我直到现在都心有余悸。

那一年我刚回到家，就被我妈封为"鸭司令"，托付给我大大小小三十多只鸭子。于是我趿着拖鞋，操起长棍，整天沿着小河上上下下跑。

"牧鹅女"一词还算浪漫，多出现于童话与传奇之中。但是"牧鸭女"……听着就很怪异了。

何况鸭子烦得要死，整天只知道嘎嘎叫。

更何况就三十只鸭，还分成了两个团伙，整天为争地盘吵得不可开交。

作为司令官，置身其间，感到一点官威也没有。

养鸭的第一年，屋后的小河是鸭子的天堂，诸位每天在水里一耗一整天，个个白得晃眼。

然而到了冬天，天寒地冻，鸭子们被关进暖圈。长达半年的冬天过去之后，统统脏得没鼻子没眼，一个个就像用过二十年的破拖布似的。

于是第二年春天，小河刚刚解冻，我就赶紧把这群拖布往河边赶。

我以为它们见了水保准喜笑颜开，谁知一个个全站在水边发愣。顶多有一两只把脑袋伸进水里晃晃，再扭头啄啄羽毛，象征性地擦擦澡。

我想，它们可能一时半会儿把水的好处给忘了，多和水亲近几天就好了。

然而，它们从此真的再也不下水了，统统成为旱鸭子，顶多跑到河边喝几口水。

没见过这么笨的鸭子。我决定助它们一臂之力。

我当着所有鸭子的面，抱起一只，直接扔进河里。

我猜它一定会惊惶失措往回游——游着游着自然就不怕

水了。

可我猜错了。

接下来，我看到——

它直接沉了下去……

是的，像块石头一样沉了下去……

话说，这是我生平第一次见到会沉进水里的鸭子！

沉啊沉啊，好在沉到最最后总算没有完全沉没，好歹还有一小颗鸭脑袋露出水面。

它在水中拼命挣扎，但不管怎么努力，仍只能露出一颗脑袋。连脖子都露不出来——亏它脖子还那么长！

好在翅膀还能动。它拼命仰着头，在水底卖命地扑腾，最后总算靠近岸边，并连滚带爬上了岸。

原来，并不是忘记了水，而是太了解自己的体重、密度和脂肪比例的变化了。

冬天里真没闲着，竟吃成这样！

再说说宰鸭子的事。刽子手是我妈，她一边默念："脱了毛衣穿布衣脱了毛衣穿布衣……"一边手起刀落。

"脱了毛衣穿布衣"——这是我外婆杀生时的语言仪式。

此生为畜，死后投胎为人，算是她老人家对牲畜亡灵的劝慰与超度吧。

同时，这句话也是她留给我妈的重要文化遗产，令她在大屠杀的时候稍微心安一些。

屠杀完毕，她沉痛地说："血淋淋，真是血淋淋的一天啊。"

老早以前，我记得她从不曾畏惧宰杀活畜这种事。后来不知触动哪根弦了，有好长一段时间不敢杀了。若有这方面的需要，便托人处理。

后来有几次找不到人帮忙，给逼得不行，又敢宰了。

再后来又不敢了。再后来心一横，又敢了……总之几起几落。

最最后，多亏她想起了外婆这句话，获得了强大的道德支持，这才重拾屠刀。

三十多只鸭子啊，宰得只剩四只。

鸭尸高高撂了一大堆。恶心得我从此再也不想吃鸭子了。

从此，那四只幸存的鸭子一直活着。后来有两只瘫痪了，我妈仍一直伺候到现在。

仿佛我家所有的家畜，一旦熬过生死大关，从此便可放心地安享晚年。

至于葵花地边这几只鸭子，则又是另外一批了。它们不是为羽绒衣而存在，而是为了葵花地边那条水渠而配置。

好吧，我妈无论呆在哪里，都要周遭有限资源充分利用到底。

最后顺便再说一句，我觉得在荒野里养鸭子，最大的收获还是要数鸭子的嘎嘎叫声。

——鸭叫声远比鸡叫啊狗叫啊什么的更蛮横，更富响亮的生命力。在岑寂的荒野里，突然乱七八糟闹腾一阵，听在耳中简直就是极大的欢欣振奋。

二十五　兔子

我家的兔子跟狗一样黏人，老围着人打转。

特别其中一只，整天简直寸步不离。

我妈去地里干活，那么远的路，那么大的一片地，它能跟着走到头。

我妈劝它："你还是回去吧？还有好远的路要走呢。"

兔子东张西望，拒绝沟通。

"你看你，鞋子也没有一双。走这么远，也不嫌脚疼。"

兔子若无其事抖抖耳朵。

我妈继续往前走，兔子左跳右跳。独立、蓬勃、骄矜。红眼睛一闭，天地间就不剩一颗珠宝。

我妈心中喜悦。被一只美丽的生命追随，活在世上的辛劳与悲哀暂时后退。

她忍不住模仿兔子的脚步。

兔子依恋我妈，源于生命之间最孤独的引力吧？

月球紧随地球在茫茫银河系间流浪，唯一的兔子和唯一的我妈在地球一隅的葵花海洋中漂流。谁也无法舍弃对方。

赛虎也依恋我妈。但那种依恋是求取安全感的依恋。它无论何时何地都略微惊惶。

赛虎也依恋兔子。我妈把出生不久的小兔子捧给它看，它像触碰梦境中的事物一样，极其之缓慢地，迷茫地，探身向它，亲吻般触动着它。仿佛新生的事物不是对方而是自己。

仿佛那是它第一次出现在世上，第一次满心涨满柔情地接受活在世上的命运。

兔子的天性是打洞。若将它和鸡一样撒开养在荒野里的话，会不会另外安家立业，很快建立四通八达的地下兔子王国？

我担心我家的兔子会越养越少。可实际上，却越养越多。

一来因为我妈的伙食开得好——有榨葵花油剩下的油渣，还有碎麦子和玉米粒，偶尔还会把我们自己的蔬菜分两片叶子给它们。于是天色一暗，大家统统往家赶，等着吃大餐。

二来嘛，兔子生起娃来，一月一窝，那可是几何倍数增长啊。

而我妈则担心它们啃葵花苗。

结果人家可懂事了，碰都不碰一下。好像知道若是现在啃没了，将来就没有更好吃的花盘大餐。

葵花从播种到收获，共三个月的生命。三个月间，小兔子长成大兔子然后又生下小兔子。葵花对于兔子们来说几乎就是永恒的存在吧？

对我们来说，葵花地何尝不是永恒的存在？三个月结束后，它产生的财富滋养我们的命运，它的美景纠缠我们的记忆，与它有关的一切，将与我们漫长的余生息息相关。

我总是长时间凝注眼下这简陋的住处，门前的细细土路，土路拐弯处一丛芨芨草……极力地记住所有细节。

好像知道将来一定会反复回想此刻情景。好像在做最后的挽留，又好像贪得无厌。

兔子却心无挂念。它领我去向荒野深处，每跳三五下，回头看一眼。

我也想将兔子深深记在心里。可它左跳右跳，躲避一般。每当看向我时，眼睛绯红而冰冷。

在茂密的葵花地里迷路的兔子，整夜回不了家。这一夜，我妈辗转反侧，不时披衣走出蒙古包，遍野大喊："兔兔啊！兔兔！……"

这一夜额外漫长黑暗。葵花地是黑暗中最黑的一条地下河，兔子皮毛的明亮和眼睛的明亮被深深淹没。

有人紧紧抱着兔子，头也不回地走了。

我妈的呼喊声曾令他微微犹豫一下。

他穿过我们广阔的梦境，一直走到梦醒。

第二天，兔子独自回来。洁白，安静，崭新。

荒野的白天和夜晚肯定是不一样的。葵花地的光明与黑暗肯定相隔漫漫光年。唯有兔子自由穿梭两者之间，唯有兔子的路畅通无阻。

白天我们和它左右相随，一到夜里，它跳两下就不见了。

站在唯有兔子能通过的那扇门面前，我沮丧于自己庞大的身躯和沉重的心事。

我们决定离开这里。

我妈拆了蒙古包，把铁皮烟囱一节一节拆下来扔在空地上。兔子们不知离别在即，一个一个痴迷于生活中突然出现的新游戏——它们把烟囱当作洞穴，爬来钻去……

没一会儿，统统爬成了黑兔子……

真是一点也不爱惜白衣服！

还有一位老兄，屁股太大了，卡在里面出不来。也不知弄疼了哪里，在里面惨叫连连。

原来兔子居然也会叫啊！之前一直以为它们是哑巴。

我妈闻声而至，大笑。赶紧竖起烟囱"砰砰砰"一顿猛磕，好半天才把它磕出来。

二十六　村庄

　　这下知道我家搬一次家有多麻烦了吧——又是鸡，又是鸭，又是兔子又是狗。

　　不过搬家的头两天，我妈安排我先撤，免了我一场狼狈辛劳。

　　她在我家另一块葵花地旁不远处的村子里给我找到一个临时落脚处，是村头一排土坯房中的一间屋子。

　　她骑摩托车把我送到那里，摸出一枚用一截破绳子系着的旧钥匙，开锁进去。

　　房间里只有一张破旧的木板床和一只砖砌的炉子。

　　窗框上没有玻璃，蒙着已经破掉的塑料布。并且没有天花板，裸着几根歪歪扭扭的椽木。

　　这有什么可防的，居然还上了锁。

　　然而门上只装有锁门的门扣，此外再没有插销之类别门的东西。夜里没法从里面关门。

　　若是门朝里开的，还可以撑根棍子顶住。问题是门朝外开的。

我妈便叮叮当当折腾一番，在门框内侧钉了一枚粗大的钉子。又拾回一截绳子系在门把手上。

这样，晚上我就可以从里面把门拴在门框上。

她又叮咛一番。发动摩托车离去。

我目送她消失在村头。

回到房间，坐在床沿边发了一会儿呆，才打开自己的行李，把被褥铺在光床板上。

想打扫一下房间，却没有扫把。

地面是泥地，没做任何处理，甚至连最便宜的红砖都没铺。墙面也没有刷石灰，裸着掺着碎麦草的糙墙泥。

床头对面的墙上涂有两行巨大的刺目的红色汉字——

"死了都要爱"。

"不要再来伤害我"。

估计是之前在这里租借房屋的汉族人写的。看情形，肯定是个寂寞的年轻人。

这是荒野深处的一个纯粹的哈萨克村庄，偏远又寂静。跑到这种地方租房子的人，要么是跟着老板跑工程的内地民工，要么是像我们这样的种植户家的雇工吧。

我拉开被子钻进被窝，盯着那两行字渐渐入睡。

睡一会儿，醒一会儿，迷迷糊糊直到天明。

似乎在经历之前睡在这张床上的那个人某个时期的辗转反侧。

第二天，我在这个村子里转了转。出门前锁上了门——虽然没什么可防的。

这个村庄和乌伦古河上下游的绝大多数村子一样，也是一个牧业村。夏天，村里牲畜和壮劳力全都进入北方的深山牧场，每家每户只留一两个人守着草料地。因此，整个夏天村子里安静极了。

按规定，每家每户除了草料地，还会给分配几十亩耕地。可牧民们大多不擅耕种，都把地租给了外地人。

我家的租地就是这么来的。

安静，空旷。我从村头走到村尾，好容易才在村里唯一的一家杂货店门口看到两个人。

是两个酒鬼，坐在墙根阴影处的长条木板凳上持杯沉默相对。脚边堆着几只空啤酒瓶。

我的到来令他俩暂停喝酒，默默打量了我很久。

小店的木门异常狭窄，已经变形。窗户又矮又小，窗框上绿漆斑驳。土坯墙年代过于久远，墙根处蚀空了一长溜。整幢房子已经陷入大地一尺多深，一进门就得下台阶。

我犹豫了好一会儿才推门进去。

房间很黑，站了几秒钟才适应里面的光线。

木板的柜台，木板的货架。货品寥寥。居然还有桂花头油这类古老商品。

我将有限的商品观察了好几遍。最终还是什么也没买。

傍晚，我妈才骑着摩托车来接我。

我把被褥卷起来绑在摩托车后面，转身重新锁上这间房子。

上锁的时候，心里突然间涌起几分离别的惆怅。奇怪，这个房间明明只住了一晚，这个小村子也只停留了半天，竟有异样的熟悉感。

二十七　新家

离开村子后，我妈的摩托车沿着尘土飞扬的土路拐了个大弯，向北驶去。

远远地，一眼就看到天空下一大片明晃晃的水域。我和我妈一同惊呼。

心胸轰然洞开，同时才意识到之前的淤塞。

水库到了。

摩托车驶上高高的大坝，迎风沿湖岸走了一程。然后拐向西边一片芦苇滩。

很快就看到前方绿树荫中水电站的机房和职工宿舍。

机房紧挨水闸。水闸下的瀑布冲成的河从东向西流。

河对岸是连绵起伏的沙漠。一座座沙丘光滑而纯净，在夕阳余晖中呈隆重的金黄色。

此岸则是一溜狭长的野地，野地的南边就是我们的葵花地。地边长着高大的钻天杨和低矮茂密的沙枣林。

我妈把车停在东面的林子边上，进入林子来回走了好几趟，最后才在靠近水电站职工宿舍的一片空地上用脚尖划了个圈："房子就扎在这里吧。"

我心中瞬间涌上强烈的欢欣。一时竟不知为着什么。

然而，我俩在林子里一直等到天色暗下，搬家的卡车迟迟未到。

信号不稳定，我叔叔的电话也打不通，司机更是联系不上。我俩越来越焦急，既担心到得太晚，黑灯瞎火的不好安置，又担心车会不会抛锚出事。

一直等天黑透了，星空渐渐喧哗，我们越发不安，停止了交谈，一起长时间凝注黑暗中的东南方向。

又过了很久很久，久得令人心意恍惚的时候，突然有尖锐的灯光闪烁在那边的黑暗深处。

很快，这道光芒稳固下来，沿着道路起伏拐弯，越来越明亮。

渐渐地，又听到了汽车引擎声。

我俩这才大舒一口气。

没有月亮的夜里，哪怕繁星满天，仍然伸手不见五指。我们打着手电紧张地卸车。

司机不知为什么不停地发脾气，与我叔叔争执不断。

我妈不停念叨着丢了这个落了那个的。听在耳里，更加疲惫焦虑。

我机械性地配合大家的工作，把一堆又一堆的东西挪来挪去。白日里的希望与热情此刻彻底退却。

夜风忽剧，四面尖啸声。气温陡降。

我想，还是先找被褥再说，先布置出休息的地方再说。但眼前一大堆黑乎乎的物什，杂乱破碎，毫无头绪。

我妈还在愤怒地指责。司机扔下最后一只包裹，上车摔门而去。

车离开后，风更大了。四周更黑暗，更空旷。

我们更为沉默。手电的光芒更加微弱。

未来的家，只在未来保护着我们。而在此刻，此刻的家满地零乱，此刻的辛苦与狼狈永远占据此刻不去。

二十八　陌生的地方

　　我妈之所以决定把蒙古包扎在水电站职工宿舍后面的杨树林里。一来，此处地势平坦干燥。二来嘛，离国家单位近一点，令她感到安心。

　　结果，她倒是安心了，国家干部们却被害惨了。

　　别忘了，我家还有一个鞋类收集爱好者丑丑……

　　这家伙乍然来到人多脚多的地方，惊喜交加。立马大展身手，不到一礼拜……

　　不到一礼拜，我们便把所有电站职工给得罪了。

　　电站职工上班实行轮班制，每半个月换一次班。这倒也挺人性化的。毕竟在如此荒凉寂静的地方，长年累月地生活工作的话，没几个熬得住。

　　总之，人家好容易熬完半个月，高高兴兴地把鞋子洗了，晒在门口空地上，准备干干净净地回城呢。结果转眼就没了。

　　遍寻不着，互相猜疑一番，最后只得趿着拖鞋回城。

　　可后来，丑丑这家伙连拖鞋也不放过。

总不能光着脚进城吧？大家开始全力破案。

要不是后来有人碰巧亲眼目击了丑丑的作案过程，这案还真没法破。

大家全体出动，一起追狗。不知追了几里地，到底还是追丢了。

跑得了和尚跑不了庙。大家又拥往我家，气喘吁吁向我妈控诉："它咬着就跑！跑得飞快！扔石头也不松口！"

我和我妈一听，又惊又怒，赶紧唤狗回家。

我妈四面各喊了一嗓子："丑丑！有肉！"……这家伙瞬间而至。

好吧，狗回来了，鞋子却没了。无论怎么审问，它死也不说扔到了哪里。

我们只好漫野寻找。有的找到了，有的找不到了。总之丢尽了我家的脸面。

我妈讪讪道："大家以后一定要把鞋子管好啊，千万别晾在外面了啊……"

对方怒道："还是管好你们家的狗吧！"

我妈自知理亏，一边道歉一边扭头大力骂狗。

等把人打发走了，她冲我抱怨："这怎么管？让他来管管我家的狗试试？！"

然后又赶紧找肉给这个蠢狗加餐。

刚才全靠肉才把它唤回家，可不能失言。否则以后就没法骗了。

所以，说我妈纵狗行凶，真是一点也不冤枉她。

尽管此处仍是一块僻静之地，但和南面荒野相比，总算热闹多了。既靠近省道线，又紧挨乌伦古河。

附近有大大小小三四个村庄，可最近的也在三公里外。并且此地是个死胡同（唯一的路到达水库后就停止了），除了来找走散的牲畜，没人闲得没事整天往这边瞎跑。

村子里的狗倒是经常来找赛虎。可惜体型不配套，搞不成事。

无论如何，我妈忧患重重，进入繁华地界后的不安全感陡然加剧。整天不停念叨，又是担心小偷又是担心强盗的。

其实她比谁都清楚，这么穷的地方，哪来的小偷强盗。

不但没有坏人，而且好人特多，小地方嘛，人们都热心真诚。搬来的头一天夜里，我们露天顶风而眠，异常辛苦。之前又折腾了大半夜，可能整得动静颇大，第二天天一亮，水电站的职工们就纷纷赶来帮我们搭蒙古包。人多力量大，一会儿工夫就完工了，再拾掇小半天就能入住了。

那时我妈颇为欣慰，预感到未来生活的融洽相处。

如果不是丑丑后来给我们脸上抹黑的话。

我不知水电站具体需要管理什么，只知电站职工们看起来悠闲极了，而且都特别和气。大约我们的蒙古包过于简陋，令人同情吧。

尤其一位女职工，经常来找我玩，每次都捎来几张油饼或几只包子。大约看我们平时吃得也不咋样……

搬来此处的第三天，电站的站长过来告诉我们，职工宿舍的最南面有一间空房，可免费提供给我们，问我们要不要住过去。

——当然要！

临近中秋，天气一天比一天冷。白天还好，到了晚上温度陡降，盖两床被子都不嫌多。早上起床越来越艰难。蒙古包除了能挡点风，和敞篷没啥区别。

见我如此雀跃，站长又有些不好意思："但是……可能……你先去看看？"

我跟过去一看，明白了他的意思。那间房子空了很多年，虽然门窗完好，可冬天一直被附近的村民用来圈牛，水泥地面上糊了厚厚一层牛粪。

我立马表示不嫌弃。回家扛了一把铁锹开始大扫除。

然而不到两个小时就放弃了……

挖了一层还有一层。再挖，还有一层。再挖，还有……

太高估自己的战斗力了。

走廊上只要有人经过，都会过来探头看一眼，眼神是好奇的。

一个小时后，他们再次经过，已经换成同情的眼神。

我满头大汗，灰头土脸。不但越发疲惫，更是越发孤独。

一边挖，一边想，这大约是一个永远也不会属于我的房间吧，所以才如此抗拒我。

突然间好羡慕除我之外的世上所有的人，隔壁的职工，村里的酒鬼，甚至是我家雇佣的短工。他们生活稳定有序，行事从容不迫。

在这些人眼中，我又是怎样的存在呢？

戴着眼镜，整天穿着干活的脏衣服，做着明知不可能做到却仍努力为之的事。又倔强，又脆弱。

我放弃了。

冷就冷吧。

我扛着铁锹往回走。远远看去，我家的蒙古包似乎等待已久。

二十九　客人

搬过来没几天，我家蒙古包就成为此地理所当然的存在了，就跟已经在此地驻扎了一百年一样理所当然。

来我家拜访的第一个客人是一个酒鬼。既不知从哪儿冒出来的，也不知要来干什么。

哦，我错了。照我们这些外地人的想法：无事不登三宝殿。可是，对当地人来说，上门做客和吃饭睡觉一样，是常规性生活内容，管他有事没事。

总之这是一个即使喝得烂醉也绝不掉礼数的酒鬼。他路过水电站职工的菜园子时偷了几个半青不熟的西红柿，作为上门礼物，郑重交到我手里。

我连忙以汉族人的思路礼貌性拒绝。一个劲儿地说："哎呀那多不好意思啊！哎呀您太客气了！"

然而毕竟只是几只西红柿，不可过于推辞。我打算客气到第三个回合就接受。

可才第一个回合就把他惹毛了。他喷着酒气冲我大喊，问我是不是瞧不起他。

显然，在他的诚意面前，这套社交礼仪一点屁用没有。吓得我赶紧把所有西红柿一把接过来。迅速安排他坐到床前矮桌边，飞快地倒茶。

我家只有清茶，没有奶茶。并且除了饼干，也没有任何佐茶的食物。他倒也不介意。

我俩无言相对。默默地喝了两碗茶后，他开口向我讨酒喝。

我就知道肯定会这样！

当时只有我一人在家，怎么可能由着他来。想都不用想，立马抱歉地拒绝。

并诚恳地解释我家为什么没有酒："我家没人喝酒的——叔叔高血压，妈妈心脏不好……"

还没说完，腿一伸，一脚踢翻了床板下的一个东西。

我大惊！这时，想遮掩已经来不及了——他好奇地弯下腰："什么东西倒了？……什么？哇！一瓶酒！"

是我妈藏那儿的……

她老人家每天晚餐时都会抿几口酒解乏。那是她结束一天的劳作后最快乐的时光。

一个冬天过去，她能喝光二十五公斤白酒。

是的，这个数字非常精确。某年入冬前她买了二十五公斤散装酒，刚开春就见底儿了。

总之，眼下这位酒鬼大喜过望，立马原谅了我的谎言。

或者他从来都不觉得我的谎言冒犯过他，也从来不打算辨别他人言语的真伪。

这套推辞他见多了。

好吧，唯一庆幸的是那瓶酒剩得不多了。

喝完这小半瓶酒，这家伙又拉着我絮絮叨叨东拉西扯了半天，终于起身告辞。

我正大松一口气时，他又杀了个回马枪，抱歉地告诉我，自己可能喝多了。然后不管三七二十一，往我家床板上一扑，倒头便睡。

我能有什么办法呢？

我毫无办法。

只好关上门出去散步。

两个小时后回来，人已经没了。

仔细一听，北面小树林那边传来他独自唱歌的声音。

在人多的地方（虽然大部分时候不过只有十来个电站职工），在单薄的蒙古包里，我总是有着生活全面暴露的局促感。低头抬头，颇不自在。

然而大家光风霁月，温和地注目于我们寒酸简陋的家，笔直地走进我们劳动场所中的暂栖地。令我心存奇异的感激，感激于所有来我家蒙古包做客的人，无论是酒鬼，还是水电站站长。

站长是中秋节那天突然上门的。他邀请我们去他们单位食堂一起吃午饭。因为过节，他们这一天有补贴，伙食比平时开得稍好些，还煮了大盘鸡。

他说："都是邻居嘛，一起过个节嘛！"

我虽然很感激，但这会儿我妈和我叔还在地里干活，仍然只有我一个人在家，实在不愿独自出现在陌生而喜庆的人群中。便极力地谢绝。

这天晚上，我们就着圆月也做了几盘好菜过节，并邀请站长过来分享。

站长是哈萨克族，"文革"时出生，于是被取名为"革命"，全名为"革命别克"。"别克"是哈萨克男性名字一个常见的后缀。

作为国家干部，革命的汉语说得溜溜儿的。于是大家大聊特聊，宾主尽欢。

他告诉我们，他所在的那支部落历史上曾经投降于成吉思汗。当时，每个族人屁股上都被烙了印记，然后作为奴隶跟着成吉思汗到处打仗。他说至今他们这一部落里很多人屁股上还留有印戳。

这当然是个笑话。然而他又说，他们所属的地域后来划分给了成吉思汗第八个儿子。

我不知道成吉思汗的第八个儿子是谁，却顿时感受到庞大沉重的历史在微小人物身上留下的痕迹。传说中的印戳与真实的历史细节纠缠不清，但是，祖先的信息和种族延续的悲喜还是顽强保存下来。

据说，每一个哈萨克人还是孩子时，最重要的学习就是背诵自己上溯九代的祖先名字。每一个人都得对自己的来历知根知底。在农村，一个最最平凡清贫的农民，或牧场上一个寻常的黑脸旧衣的牧羊人，他的身后也站满了黑压压的祖先，加持于他的一言一行。

而像我们这样的人，早就不录家谱的汉族人，自己都不知自己来历的逃难者的后代——我连爷爷和外公的名字都不知道——身世潦草，生活潦草。蒙古包也潦草，偶尔来个客人，慌张半天。和人的相处也潦草，好像打完眼下这茬交道便永不再见了。潦草地种地，潦草地经过此地。潦草地依随世人的步伐懵懂前行，不敢落下一步，却又不知前方是什么。还不如一个酒鬼清醒。

三十　火炉

在南面荒野中那块葵花地边生活时，我们有一吨煤，还有一罐液化气。搬到水库这边，煤已经剩得不多了，液化气也只剩半罐。好在这边植被茂盛，林子里四处都是枯木断枝。我们开始烧柴做饭。可省了不少钱。

可我每天却多了一项劳动内容。

不知道自己捡柴时的形象究竟是怎样的。水电站的职工们只要看见我在林子里独自干活，总会站住，朝我这边看。

彼此间那段距离倒不远不近的，让我很难处理——

冲他打个招呼吧，离得有点远了。

不理不睬吧，又有些近了，难以彻底忽视。

只好停下手里的活，和他对视，等他先挪开视线。

在林子里干活时的我，总是浑身裹得厚墩墩的，还捂着大头巾。河边风大，我怕冷，也怕被路过的人仔细打量。

我去过电站职工的宿舍和食堂。朴素整洁，井井有条，是足以安心生活很多年很多年的地方。令我暗生嫉妒。

我一边把拾好的柴枝拢作一堆抱起来，一边想：眼下这狼狈潦草的生活只不过是暂时的而已。

可是，再想想，好像从很久很久以前生活就一直这样了……好像我是"暂时"活到现在似的。

回到我们暂时的家。我放下柴，绕着蒙古包走了一圈。

房间太乱，门口也胡乱扔着杂物，鸡到处乱跑。

我又四处走走，丈量一番。思量着如何围出院落篱笆，在哪处开院门，以及怎样铺一条路通向河边。

并设想假如我们长期生活在这里的话，该如何经营这个家……

可是，下个月就要离开了。

眼下唯一能做的是收拾一下房间，把门前空地打扫一遍，再把刚捡回的柴枝整齐地码成一堆。

若是以前，柴拾回来往门口一丢了事。反正过会儿就做饭了，管它是整齐的一堆柴还是乱七八糟的一堆柴，统统一把火烧没了。

柴枝摆整齐后，我退后三步，欣赏了几秒钟。走上前弯腰抱进房间，开始升火做饭。

烧柴比烧煤省钱。但使用起来，还是煤更方便。

烧柴得不停地守着灶口，盯着喂柴。

而且烧柴烟气大，炉子没盘好的话，每次做饭呛得人涕泪俱下。

而且烧完后的柴灰多于煤灰——烧煤的话一天掏一次灰，烧柴的话一天至少掏三次。

当然，对于勤快人来说多掏两次灰根本不算个啥，但对懒人来说，好麻烦，好麻烦。

但不管烧柴还是烧煤，我都很喜欢火炉这种事物。

相比之下，煤气灶当然方便多了。但就是没法喜欢煤气灶。

拧一下，火蹿了出来。再拧一下，火灭了。方便得莫名其妙。

我的生活已经离开火炉很多年了，甚至已经很依赖暖气片和煤气灶。但还是喜欢火炉。

记忆里那么多隆冬的夜晚，从睡梦中冻醒。炉火已经熄了，房间里的寒意如同固态事物压迫在身体之外。

裹着棉衣下床，掀开炉圈，只剩一两粒火核微弱地亮着。连忙捅捅炉灰，添几块碎煤小心搭在火种上，然后打开下面的炉门通气。很快，火苗一绺两绺地袅袅飘起。

才开始，火焰几乎如幻影一般。渐渐地，就越来越具体了。热意也渐渐清晰……

凝视着炉中火，久了，身体内部比身体外部还要明亮。

在北方隆冬的深夜里，火炉是我生活过的每一个低矮又沉暗的房屋的心脏。温暖，踏实，汩汩跳动。冬夜里一边烤火一边看书，不时翻动炉板上的馍馍片儿。渐渐地，馍馍片儿均匀地镀上了金黄色泽。轻轻掰开，一股雪白的烫气倏地冒出，露出更加洁白的柔软内瓤。夜是黑的，煤是黑的，屋梁上方更是黑洞洞的，深不见底。而手心中这团食物的白与万物对立。它的香美与无边的寒冷对立。

我独自在蒙古包里准备晚餐。揉面，擀平，一张一张烙饼。双手的力量不能改天换地，却恰好能维持个体的生命。恰好能令粮食从大地中产出，食物从火炉上诞生。

烙好饼，再烧开一壶水。我压熄火，盖上炉圈，等待回家吃饭的人。

三十一　寂静

水电站附近的野地里有一大奇观，就是野兔横行。

自从搬到此处，可把赛虎和丑丑两个忙坏了。整天又是伏击战又是围歼战的，一个兔子也没逮着，兴致只增不减。

每当休战回家，大喘气，猛喝水，再缠着我和我妈直哼哼。看情形还想拉我俩加入它们的持久战。

到处都是兔子。嗖地蹿过去，咚地跳过来。风吹草动，兔影憧憧。

兔子多的荒野会给人什么印象呢？是生机勃勃吗？是闹腾吗？喧嚣吗？

恰恰相反。是寂静。

我不知道哪种动物的沉默能大过兔子。

虽然野地一直都是寂静的，但直到兔子出现，才令人意识到之前的寂静是多么梦幻虚无。风吹草动，心意荡漾，云影飘移，思绪恍惚。

兔子出现的瞬间，这一切立刻清醒，视野猛地收缩。

空气微微紧绷，我的心也微绷，耳膜微绷。嗓子眼却空空如也，只好"啊"地轻呼。

那"啊"的一声，一经出口，便成为世上最坚硬最紧密之物。

我浑身沉重，不能挪动一步。而兔子跳跃前行，它的轻盈与眼下的寂静是同一质地。

这时又出现一只，在一块大石头上以后肢站稳后，一动不动朝这边探望。于是寂静的程度随之加倍。

第三只兔子的出现将寂静乘以三。

兔子越来越多，寂静越来越巨大、清澈。

静得，我扭动一下脖颈都是巨大的动静。

而刚才"啊"那一声仍不曾消散，仍无法融解于眼下的寂静之中。仍坚实地顶在空气中，悬于寂静中央。

我无数次沉迷于荒野气息不能自拔，却永远不能说出这气息的万分之一。

我站在那里，复杂、混乱、喧嚣、贪婪。被寂静重重围裹，张口结舌。我无数次赞美荒野，仍不能撇清我和荒野的毫无关系。

据我所知，野兔子的眼睛是蓝色的，可眼下这些个个都是红眼睛。不由疑惑。

很快得知，这些兔子原先是水电站职工们今年春天养的，一不小心越养越多。于是到了夏天就养不起了，便撒开了，让它们自己出去找草吃。于是慢慢就变成了野兔子，在外面打洞筑窝，继续产仔。弄得附近到处都是兔子洞。

我妈忧心忡忡，花盘成熟的时节快要到了，到时候如何防备这些兔子精？

我担心的却是，冬天渐渐来了。此时气候还算温和，草木旺盛。可到了冰天雪地之时它们又怎么生存？毕竟不是真正的野兔子，一定没有严酷环境的生存经验。

如此说来，眼下满目兔跃的繁华景象，其实有可能是它们繁荣生命的最终一幕情景。

来到水电站后，我家的兔子全都关了禁闭，再也不许放出去了。我妈担心它们被野兔子带坏。

刚到此地时，我每天只拔一背篓苜蓿草就够它们吃了。但兔子长得飞快，加之不停地下崽，不到一个月，我每天的任务量就增至两背篓苜蓿草。

虽说此地靠近水源，植被旺盛，但架不住我天天搜刮。一个星期后，附近的苜蓿草一根不剩了。我得走很远，一直走到葵花地的北面和西头拔草。

此地的麻雀真多啊，密密麻麻，成千上万，成群结队地从一棵树呼呼啦啦飞往另一棵树。偶尔有雁阵经过，以潮汐般的力量，整齐而庄严地经过空无一物的明净天空。

河北岸的沙丘寸草不生，光洁明亮。我去过那里。在那里，细腻的流沙随着脚步缓缓涌动。在沙丘顶端所看到的天空远远蓝于在沙丘脚下看到的天空。

河边时有野鸭"啊！啊！"地惊起。

树林中有一块草地长满了菟丝子。虽说菟丝子是一种害草，却怎么也对它讨厌不起来。它生得纤细而精致，淡金的枝蔓，洁白的小花。"君为女萝草，我为菟丝花。"菟丝子的深情，不只在诗句里，更在它美好柔弱的形象里。

我用镰刀齐根割下一大丛苜蓿，撕去上面的菟丝子。野兔的踪影从眼角余光中一蹿而过，诱惑我扭头。我不为所动。风很大，呼啸在耳畔。乱发扑得满脸都是。世界像是沉浸在澎湃的巨流之河中。我拔完一篓草，站直身子，感到眼前迫切要做的事情和亿万年之后的命运息息相关。

三十二 手机

　　我的山寨手机便宜、难看、笨重，碎了一角屏幕，但是极其顽强。掉到水里好几次，捞起来仍好好的。

　　还有一次甚至在水里泡了好几个钟头，晾干了还能用，电池都没坏。

　　并且它有着令人惊叹的摄像功能。拍出来的色彩略微失真，被赋予强烈的戏剧性。

　　它的功放也相当厉害，音质清晰稳定。我一个人在野地里挖苜蓿草时，它将我熟悉的喜爱的那些旋律平稳递送在大风之中。

　　很多时候，连我自己都吃惊自己对这部手机的依赖。

　　我无时不刻将它带在身边。哪怕从来不会有人给我打电话，哪怕所处之地没有手机信号。

　　我拍照、听歌、翻看短信记录。我迷恋葵花地，迷恋孤独，也迷恋葵花地与孤独之外的世界。很多时候，手机对我来说是钥匙般重要的存在。

　　但有一次却弄丢了它。

那天割草回来，发现手机没了。顿时觉得与这支手机有关的过去岁月全部消失，与这支手机有关的未来也统统止步不前。

庞大的过去与未来竟全交由一支手机牵系。难怪自己如此脆弱。

我常常去割草的那块野地里没有信号，无法凭着铃声去找。

也没法循原路搜寻。那一处根本就没有路。

四处芦苇丛生，野草杂乱，野地高低不平。我低头割草的时候总是头也不抬，循着苜蓿的长势越走越远。经常是割满一背篓后，一抬头，突然不知身在何处。

我妈和我叔叔都说不可能再找到了，毕竟是这么大一片野地。

就算在寸草不生的地方，找一支小小的手机也是海底捞针，更何况到处是草的地方。随便一丛叶子一挡一遮，就算用篦子梳一遍也没用。

是的，我也知道。

我带着与它永别的心，在那一带找了三天。

有时会想起里面的照片，有时想起一则短信，有时想起一首下载的歌。

但是再想第二遍的时候，忧伤感就开始有些模糊了。

可是，这场"失去"才刚刚开始呢。

唯一安慰的是，遗失在这样的地方，可能永远不会被人拾走吧。至少今年不会的。除了我们一家和不久后即将到来的牧民和他们的牛羊，此地再无外人涉足。连电站的职工没事都不会往这边跑。

等葵花收了，我们的蒙古包一撤离，大雪全面覆盖。整个冬天里，此处更是与世隔绝。

然后第二年，第三年……说不定最终等有人拾到它时，已经不知道它是什么了。

说不定那时，不但这款型号的手机退出了世界，连手机这种东西也退出了世界。

那是不知道多少年以后的事了……拾到它的人，不知道这是什么。也不知道我爱过什么歌，不知道里面的照片记录了我多少重要的时刻，不知道其中一个重要的电话号对我来说意味着什么，也不知道这世上有什么人，从此和我永远失去了联系。

他疑惑地看了又看，又随手扔掉。

河边的风真大。尤其在夜里的某些时刻，蒙古包都快要被掀开了。

一旦进入到这样的风中，总是忍不住顺着风向踉踉跄跄往前走。

满天满地的呼啸声，巨流之河正在经过天地之间。我们侥幸被系在蒙古包这块桩石之上，才不至于被冲散。

不过那样的风倒不会刮太长时间。一般一两个小时就结束了。

结束时，满世界的尘土，呛得人不住咳嗽。等尘埃落定，再出门去看，风已转移到天上。河流全部涌向了星空。大风令星空一片混乱，灿烂耀眼。银河流得哗啦作响。

真的，大风过后的星空比晴天的星空更锐利璀璨。

我又想起我的手机。当风吹开草叶，它仰面冲着同一面星空。它也渴望挽留美景吗？它看到星空时想要自动启动摄像功能吗？

风停后，我又担心下雨。我每天观察云层变化，又暗暗希望遮蔽它的那片叶子永远保护它，哪怕会令我永远找不到它。

找手机的过程中，倒是发现了丑丑这家伙的不少赃物。鞋子什么的就不用说了，居然还发现了全家人的毛裤……

被扔在一片芦苇滩里以及河滩上的乱石堆里。

有一条毛裤的裤脚还被这家伙咬得烂茸茸的……

唉，幸亏发现得早，否则再过段时间降温了，我们全家人统统没得穿。

此外还捡到了许多美丽的石头，有着极不平凡的花纹和形状。

我所能占有的所有的美丽事物，统统都那么沉重。我空着手出门，沉甸甸地回家。衣袋满了，心中仍有遗憾。我一块一块把玩那些石头，越惊叹，越疑惑。

找到手机的时候，它正静静躺在石堆间，紧挨着我所见过最最美丽的一块黑白相间的石头。

——仿佛那块石头是我的手机找到的。仿佛它正是为此守候很久。

我拾起手机，已被晒得滚烫。不知这些日子里有多少蚂蚁和四脚蛇曾疑惑地经过它。

我一手握手机，一手握石头。先是激动，然后满涨幸福。最后渐渐迷茫。

三十三　石头

　　是的，我喜欢捡石头。由于我的"喜欢"，石头们被分成了好看和不好看的两种。由于我的喜欢，世界微微失衡。

　　好在我的这种"喜欢"力量微薄，不足以影响真正的现实世界。顶多影响一下我对两块石头的取舍，顶多影响两块石头的命运吧。

　　我反复对比，放弃了一块石头，占有了另一块。

　　但被我占有的石头从此之后真的就属于我了吗？

　　不是的，从此之后，它只是和我并列出现在这个世界上而已。

　　贪婪与"喜爱"的不同之处在哪里？……每当我独自走在大风中的高高河岸上，看向对岸缠绵起伏的金色沙丘，再看向秋天深蓝无底的天空，长久注目悬于夕阳一侧的半透明的圆月……

　　便暗暗否定了自己曾深深坚信的很多东西。

当我生活在更加荒凉遥远的冬牧场上时，闲暇时间也喜欢在沙漠中长时间散步，寻找脚下的美丽碎片。

牧羊人居麻看着我入迷地把玩那些彩色小石子，便问我："它们值多少钱？"

我说："不值钱。但我觉得很好看。"

他表示怀疑。他感慨地说："这种事只有你们汉族人才知道。你们一看就知道哪块石头值钱。你们专门开几百公里的车来到我们的戈壁滩上捡石头。我们呢，世世代代在这里放羊，天天踩过那么多石头，却什么也不知道。没办法，我们什么也不懂，我们捡的石头都卖不了钱。"

他坚信有一个关于石头的秘密掌握在少数人手里。

他捏起我的一块石头看了又看。再次感慨自己的命运。

我说："我只是喜欢它的颜色而已，看，红红的！"

他仍然不相信。

我妈来阿勒泰市看我，双手空空，就背了两块石头。

我问："这是啥？"

她神秘又兴奋："戈、壁、玉！"

我说："我要它干嘛？"

她说："不是给你的，只是带来给你看看的。"

是的，连我妈这样生活在穷乡僻野的乡下人都开始捣鼓石头了。

在北疆，无论是216国道线还是217国道线，沿着荒凉空旷的公路上下，几乎每过一百公里就可看到几顶帐篷，三五个卖石头的摊位。

那些石头从表面看上去灰头土脸、普通至极。但剖开后，却有着透明而梦幻的内瓤。

我觉得很多时候，它所谓的"价值"并非在于它的美丽，而在于它的这种反差吧？

是的，大家将这种石头冠名为"戈壁玉"。

戈壁玉真多啊。

我妈回四川，思量着给老家的亲戚朋友带点啥土产好，既要实惠，还得体面。

想来想去，她从我家院墙墙根儿处的地基上拆下来一块石头。

她抱进城里，找了个玉石加工的小作坊，花了一百块钱给切开，打了一大串手镯……

回到老家，见人就发，大方得不得了。

大家人手一个，戴着瞅啊瞅啊，神情丰富，有喜悦也有疑惑。

坦率地说，作为饰品，戈壁玉一点也不好看。色泽脏污，躁气十足。

虽然名字被冠以"玉"，但毕竟不是玉。玉应该是更细腻绵密的质地，有着更柔和的光泽。

作为荒野中的存在，戈壁玉的确是美丽的，甚至令人炫目。可一旦离开荒野，离开纯粹的蓝天和粗粝的大地，它的美丽便迅速枯萎。

在海南三亚，在全国离阿勒泰最遥远的地方，我也曾见过我们的戈壁玉。满满的，一板车又一板车，堆在街头叫卖。各种形状的吊坠、配饰，十元三件。如塑料制品一样面无表情，如塑料制品一样廉价，同时，如塑料制品一样千篇一律。

戈壁玉真的很多吗？

似乎石头的数量远远大于荒野的广阔。遍地都是，掘地三尺仍是，全国都是。我家院墙下一大堆。若我妈把墙拆了统统打成镯子，哪怕十元三个也能卖好几万。

可是，一边是戈壁玉成山成海的盛况，另一边，却是大地的千疮百孔。

才开始，人们只是在节假日里当作野游一样去郊外捡拾着玩耍。他们把车停在公路边，沿着公路上下行走，碰运气一般翻找大地表层的石头。

后来越来越多的人开始专职干这个。他们越走越远，越来越深入。搜罗遍了大地的每一个角落。

才开始，他们开着小四轮拖拉机进入荒野。后来，开着挖掘机进入。

疯狂开采的后果也许就是"十元三个"吧。

街头散步的小情侣，嬉笑中随意挑选了三个。刚拿回家，新鲜劲儿就过了，随手扔进角落。

毕竟它既不好看，也不昂贵。

可是，我却知道这块平凡的小小块玉石有着比世界上任何一个凡人都壮阔崎岖的经历。我几乎亲眼看到它碎裂于洪荒时代的大地震时期。看着它被海水冲击亿万年。海枯石烂之后，又被泥石流埋没亿万年。

接下来，日复一日的风吹日晒，终于有一天它重见天日，躺在地球上一条平凡的河流边，天衣无缝地镶嵌在一个平凡的泥土凹窝里。

我还看到了它的最后一幕记忆。

看到它被暴力挖开，露出身下和自己同样形状的洞窟。看到虫子四散奔逃，植物白嫩的根系暴露在日光暴晒之中。

更多的石头在挖掘机的操作下源源不断翻出大地。失陷绝地的蚂蚁们不知所措。一个个保护着蚁后，衔着蚁卵，面对眼下没完没了天翻地覆的世界，不知逃往何处。

一窝蚂蚁的毁灭，其惨烈不亚于一个王国的覆灭吧？

亿万万蚁窝和虫穴的毁灭，亿万万微小的惊骇与怨恨游荡天地之间，无处可去，便依附于戈壁玉。附着在它的色泽上，附着在它所有细微的裂缝里。

所以戈壁玉的颜色黯淡压抑，所以戈壁玉的饰物一碰即碎。

还有人不明白城市午夜的街头为什么如此哀凉无望。他经过成堆批发戈壁玉的地摊，还是不能明白。

去年那场大旱，不只令农业受灾，牧业也遭到极大重创。

一位年长的牧人痛心地说："捡石头！都是捡石头的人害的！"

他的意思大约是，捡石头改变了大地的面貌，而这与天气变化息息相关。

他的说法有点像汉族的"风水"说。

虽说是迷信，但我妈毫不犹豫地表示认同。她是灾年的受害者，关于灾难的一切解释都全盘接受。

其实我妈也幻想过靠捡石头发财。

她在戈壁滩上生活，常常看着一辆辆外地车辆深入南面荒野，再满载而归，难免蠢蠢欲动。

可她太穷，一时负担不了投入。便到处忽悠熟人，想与人合伙雇卡车挖戈壁玉。

幸亏没人响应她。

最后只好选择种地……

可是在荒野中种植葵花和在荒野中挖掘石头有什么不同呢？

都是掠夺。用挖掘机掠夺，用大量的化肥掠夺。紧紧地攥住大地的海绵，勒索到最后一滴液体。

我仍然喜欢石头。我喜欢长时间蹲在河边的空地上，一块一块地翻捡，摸索，不停地惊异于每一块石头的独一无二。

当我埋首大地，沉迷于眼下这石头的世界，在地球的另一端，漫漫迁徙道路上的海鸟再也看不到去年露出水面的礁石。

我又拾起一块石头。看到石头下的空穴里有弯弯曲曲的细小道路，被突然曝光的虫子惊慌不已。

我改变了这只虫子的命运。

也许还改变了更多——季节、气候、降雪量。

甚至是冰川融化、雪线后退。甚至是全球变暖。

全球变暖了，海平面上升了。我目睹那只海鸟在无望的寻找中筋疲力尽，最终跌落大海。

而在此地，在我的脚下，在全世界离海洋最远的地方，在大陆的最深处，我又看到另一块美丽的石头。却迟迟不敢触碰。

三十四 关于乌伦古

乌伦古河是一条在最需要河的地方流过的河。往北，有无数条河，往南，一条河也没有了。它是最后的一道界限。是向南面荒野敞开的最后一处庇护地，最后一个避难所。

所有时刻里所有远方的所有羚羊，都成群结队奔跑在去向它的途中；所有乌鸦静静栖停河中央的矮树上；所有水獭在河湾处的浅水里探头张望。

它始于东面的冰川，终于西面的巨湖。

那就是乌伦古湖，远古之海的最后一滴，它的平静与宽广与亿万年前的平静与宽广毫无区别。

它清澈，蔚蓝，广阔，不像是大地上的事物。

它所有的湖心小岛，似乎都诞生于鸟卵所珍藏的温热气息。鸟卵一粒粒深藏在岛上浓密的草丛中，成群的天鹅和海鸥低低徘徊。湖底的大鱼永远静止不动。

芦苇丛浩荡，沙滩洁白。远处是累叠密布着黑灰色古生物化石的红色大地。更远处，群山连绵隆起，持续生长。那是地球上最年轻的山脉。

最年轻的山和最古老的水都在此地。

我坐汽车经过荒野中的大水，和一千年前跟着驼队经过此地没什么不同。

离水越近，记忆越庞大。几乎想起了一千年来所有的事。

然而汽车经过此处又渐渐远去。记忆次第熄灭。

汽车突然加速，彻底带走轻飘飘的我。

我不停地惊叹于河在大地上流过、水在大地上凝聚的情景，还有潜伏于无边荒茫之中，紧紧附水而生的村庄，我惊叹它们的勇气，它们的浪漫。

我走在大地上，似乎浑身上下只剩下惊叹了，所有口袋里也只装着惊叹。如果从这些惊叹中剥离而出，立刻一无所有，生命轻飘飘转瞬即逝。亿万万个这样的我，汽车也能轻易带走。

当我又一次靠近这荒野中的大水，心中也大水肆虐，横冲直撞。

大风紧随大水而来。我轻飘飘的身体站立不稳，轻飘飘的魂魄也摇摇晃晃。

我摇摇晃晃站在高高的岸边，痴迷于此时此刻，狂喜，却不得满足。

高高的，开阔深远的乌伦古河谷两岸，旷野中四处遍布干涸的河床——这些水的道路，布满了水的脚印。那么多那么多的河床，河却只剩最后一支。

我在高处俯瞰眼下纵横密布的空河岸，幻想洪荒之水重新回来的情景，幻想千军万马沿着旧道从四面八方冲杀而来……再遥望西方，天尽头的乌伦古湖永远平静无边。

赶牛的红衣妇人经过此地，边走边放声歌唱。她走到近处时冲我一笑，露出羞涩的豁牙。

她又渐渐走远，我觉得自己有好多好多话想对她说，一时羞于启齿。

三十五　蜜蜂

我妈在很多时候纯粹自来熟，不管认不认识的人，打起招呼来甜美又亲热。

她有一绝招，把人家的职业与称谓挂钩。这样，就永远不用费心记人家的姓名，也不怕搞错。

挖煤的，她管人家叫煤老板；烧砖的，叫人家砖老板；养獭兔的，则是獭老板……獭老板无可奈何，只得装没听到。

隔壁那几家种地的，则统统都是"地老板"。

至于养蜂的，当然就是蜂老板咯。

今年到我们这块地授粉的蜂老板来自南疆。那么远的路，他带着他的蜜蜂千里迢迢而来。他怎么知道北方的乌伦古河边有大片葵花田？他怎么知道这边正缺蜜蜂？

好吧，我真是瞎操心。

但还是觉得这种行为堪称"壮举"——带着数万蜜蜂在大地上流浪。

雇蜜蜂授粉是葵花开花时节的一项重大工作。每年到了这个时节，相邻的土地都会联合起来雇蜂。

　　若是自家小院里种的几分地葵花，开花时只需把相邻的两株葵花花盘面对面搓几下就行了。可这么广阔的土地，人工授粉的话劳动量过大，且雇工费用昂贵。于是全都得靠小小的蜜蜂了。

　　我妈说："你还没有看到过蜜蜂大规模采蜜的情景吧？等花盘越来越黄的时候，蜂老板就来了。他把蜂箱在地边一字摆开，一开箱，蜜蜂'嗡嗡嗡'地一团团涌出。——太好看了！满天都是，满天都是！"

　　可今年的葵花收成的惨淡已成定局。包括我们在内，南面荒野中的绝大部分土地已经被放弃。

　　地老板们损失惨重，加上前段时间雇工和化肥的价格大涨，病虫害又严重，每家每户的农药钱也花了不少，于是很多地老板一时都拿不出钱来。

　　虽说雇蜜蜂比人工授粉便宜多了，一亩地才二十块钱，可几百亩下来也不是个小数字。我家就这么一点地，也得花好几千块钱呢。

　　不知出于什么规矩，买化肥农药都可以赊账，但雇蜜蜂绝不能事后给钱。一时间，大家都急上了火。我妈一看到蜂老板上门收账就想溜之大吉。

　　在这件事上，我妈还曾幻想，到时候悄悄赖过去……

她说："大家的地一块挨着一块连在一起，中间又没拉网，也没挂牌子，蜜蜂怎么知道哪块地付过钱哪块地没付过？它们给我们隔壁授粉的时候肯定会顺便飞到我家干点活的！"

又说："我就这点地，还长成这个球样子，他好意思找我要钱？我不管，我没钱。他有本事把蜜蜂的腿都绑住不往这边飞啊？"

虽然觉得她很无赖，但又觉得她说的有理。

后来才知，人家蜂老板才没那么笨呢！授粉之前，这一大片地得统一收齐了钱才开箱放蜂。哪怕只有一家的钱没到位，他都死活不会放蜂。

就算蜂老板不催你，其他种地的邻居也会车轮战碾死你。花期紧张，如果拖拖拉拉不交钱，错过花期再授粉就来不及了，到时候结出的葵花籽全都空壳。

可随着花期一天天到来，不但地老板们急了，蜂老板也急了。

他四处催账，步行走遍这片万亩土地，挨家挨户喝茶、聊天、诉苦。

他可能终于意识到这一次大家是真穷，真的和他赌上了。

蜂老板赌的是花期，是万亩向日葵的收成。

而地老板赌的是蜜蜂的命。

——就这一点而言，也许蜂老板的焦虑不下于所有的地老板吧？蜂箱已经到了地头，一直关着。蜜蜂们一天天只能靠吃白糖吊着命。

可白糖只能管一时的饥，蜜蜂吃多了无异于毒药。

我不知道最后谁先妥协了。总之蜜蜂放出来了。

我妈说的没错——"满天都是"！

万亩的向日葵金光灿烂，万千金色蜜蜂纷起跳跃，连"嗡嗡"声都亮得灼灼蛰眼。

"嗡嗡"声的浓度略大于空气。再仔细地听，其实"嗡嗡"声是一面网，孔距小于一微毫，铺天盖地。除了光，除了气，除了"嗡嗡嗡"，其他一切都被这张网过滤得干干净净。

天空是第一重锅盖，"嗡嗡"声是第二重。两重锅盖扣在头上，气压都变了，人很快烫了。先是耳膜烫，然后情绪烫。一直烫到天黑，睡眠都是滚烫的……

对此，我妈只能形容到"满天都是"的份上。

但似乎也只有这么说才最最合适："满天都是"！

满天都是啊……

我妈喜滋滋地说："等授完粉，我们就可以买到最纯正的蜂蜜了！要知道，直接就在地头买的，那可是现采现酿的纯蜂蜜啊，一公斤才二十块！"

想了想又觉得不对劲，忿忿不平道："凭什么我们辛辛苦苦地种了地，开了花，花钱雇了蜜蜂，完了还要再花一次钱把我们的花粉变的蜜再买回来？"

我突然想起我家荒弃在南面荒野腹心的那一小块地。那边不但停了水，这下连蜜蜂也没了，肯定得彻底绝收。

我妈说："不管它了。唉，也管不了了。"

又神秘地说："放心，有花的地方自然就有蜜蜂。何况我们那块地种的是油葵，油葵比食葵香，再远的路，蜜蜂也能找到。"

然后她说起了去年的事。

去年损失惨重，种子补种了一茬又一茬，然后又缺水，接下来又闹"老头斑"——所有有经验的农人都预言这种病治不好……

何止焦头烂额！我妈简直从头焦到尾。

去年，几乎所有地老板都种赔了。

才开始我妈以为自己也赔了。好在我家只种了两百亩，还赔得起。

可到了最后，却发现赔得不算多。最后那点侥幸成活，又顺利开花的葵花，产量再低，也能留下种子。这样，等到第二年再种地，至少就不用再花钱买种子了。

又过了一段时间，我妈又发现，不但赔不了，哈，居然还能保本！

——由于葵花全面欠收，当年的葵花籽供不应求。前来收葵花的老板出价越来越高，比头一年的价格翻了一倍……

葵花价格刚出来那几天，我妈喜滋滋的。一到吃饭的时候，就端着碗边刨饭边算账。越算越美：一亩能收多少公斤，估价多少，卖多少，成本多少，投入了多少……况且和最开始的估算相比，好像还有一笔重要费用省下了。这一省下，就成了赚到的。……可到底是什么费用呢？

她想啊想啊……

突然一个激灵跳起来！

——蜜蜂！

忘了雇蜜蜂！……

据说每年每块地都有种地大户带头组织这件事，然后陪着蜂老板挨家通知、收钱。可这一年大家赔的赔，撒的撒，再无人想到这件事。

我妈大恸！完了完了，好容易撑到最后，熬得只剩最后一口气，结果还是赔在蜜蜂上了！

她扔了碗就冲上大地……

然而又大叫起来。

她说："我看到了蜜蜂。"

当然，并非"满天都是"，但已经足够了。

——隐约的金色颗粒在花田间挑三拣四地跳跃。"嗡嗡"声的网格孔距大于五十公分。这样的网自然什么也留不住。

几乎什么也听不到。不烫人，不激动。这网在天空下若隐若现。但已经足够了。

这些金色的精灵，连种地的人都放弃了土地啊，它们却还惦记着丰收。

我妈站在地窝子前转身遥望，仍然四面茫茫。永远四面茫茫。

谁家的蜜蜂？它们从何得知花的消息？它们怎样找到了这里？怎样越过这千里大地，茫茫旷野……

至今是个谜。

只是去年，我妈一直惦记的二十块钱一公斤的好蜂蜜，没有买成。

三十六　金色

　　蜜蜂来了，花盘瞬间达到金色的巅峰状态。金色王国城门大开，鼓乐高奏。金色的高音一路升调，磅礴直指音域最顶端。

　　在万亩葵花的照耀下，夏日宣告结束，盛大的秋天全面到来。

　　想起外婆孤独的赞美："真好看啊！到处都亮堂堂的。"

　　忍不住再一次猜测她为什么会死，为什么舍得离去……

　　外婆你看，你放弃的世界丝毫没有变化。你最迷恋的亮堂堂的盛况年年准时到来，毫不迟疑。

　　那么外婆，死亡又是怎样眩目的金色呢？

　　在北方的广阔大地上，从夏末至初秋，每一个村庄都富可敌国，每一棵树都是黄金之树。

尤其白桦树，它除了黄金，还有白银。它通体耀眼，浑身颤抖，光芒四射。

但它的金色永远还差一点红色，它的银色永远差一点蓝色。

它站在那里，欲壑难填。一棵树就沦陷了半个秋天。

另外半个秋天为另一棵白桦所沦陷。

但是，在这两棵白桦之外，还有成千上万的白桦。再也没有秋天可供挥霍了。

成千上万的金色白桦是北方大地最饥渴最激动的深渊。

而麦田的金色则富于深沉的安抚力量。那是粮食的力量。

人的命运、人的意志、人的勇气与热情倾注其中。麦浪滚滚，田畦蜿蜒。在大地上，除了白昼之外，麦田的金色是最大的光明。

饲草的金色是高处的光明。

收割牧草的人们驾着马车往返荒野与村庄之间。很快，家家户户屋顶隆起绿色的皇冠，然后没几天就变成金色的皇冠。

从绿色到金色，对一枚叶片来说是千里迢迢的路途。但对一个村庄来说，不过一夜之间，仅隔一场梦境。

劳动之后人们疲惫睡去。醒来，就发现村庄置身于秋天的正上方。

人们推门出去，脚下万丈深渊。草垛仍高高在上，无尽地燃烧。

而芦苇之金，水气充沛。芦苇总是与河流、星空息息相关。

芦苇的金色最脆弱，最缠绵，最无助。它的柔情中裹藏有大秘密，它的美丽令人止步不前。

人们远远遥望，水鸟长唳短鸣。

月亮的金色是黑暗的金色。每一个人都认为月亮与故乡有关，与童年有关。其实它只和夜晚有关。它把人间的一切的依恋拒之门外。

它最孤独，也最自由。

最微小的金色是蜜蜂。它们是金色的碎屑，被金色的磁石所牵引。它们是金色的钥匙，只开金色的锁。

它们之所以明亮璀璨，是因为口中衔有针尖大的一点甜蜜。

蜂蜜也是金色的，因为我们吃进嘴中的每一口蜂蜜，都蕴含亿万公里的金色飞翔。

面对这全部的金色，葵花缓升宝座，端坐一切金色的顶端。

　　这初秋的大地，过于隆重了。以致天地欲将失衡，天地快要翻转。

　　天空便只好越来越蓝，越来越蓝，越来越蓝。

　　大自然中已经没有什么能形容这种蓝色了，只能以人间的事物来形容——那种蓝，是汽车牌照那样的蓝。

　　金色和蓝色，相峙于这颗古老的星球之上。从金色和蓝色之间走过的人，突然感到自己一尘不染……

三十七　沙枣

抢在葵花成熟之前，沙枣抢先一步丰收了。

我妈在地里干完活，经过果实累累的沙枣林，随手折了一大枝沙枣回家。

她薅下大把大把的果实抛撒在门前空地上。下一秒钟，所有的鸡全部到齐，吵吵闹闹埋头争抢。

我妈像雷锋一样欣慰地看着这幕情景，扭头对我说："这就是麻雀们整个冬天里的口粮。"

此地的麻雀何其富足！

冬日里的每一天，它们起床后，像掀开棉被一般抖落翅膀上的雪，往最近的沙枣枝一跳，就开始用餐了。

它扭头向左边啄几口，再扭头向右啄几口。

吃完了脑袋附近的，挪一下小爪，继续左右开弓吃啊吃啊。

吃半天也遇不到另一只麻雀。

因为所有的麻雀此时统统都头也不抬地埋头大吃着呢。

吃饱了，该消食了，大雪中的树林才热闹起来。串门的串门，打招呼的打招呼，吵架的吵架。然后大家一起没头没脑地欢歌，再乱蓬蓬地惊起，呼呼啦啦，从一棵树涌往另一棵树。

我行走在沙枣林中，猜测麻雀的乐趣。想象它小而黑的眼睛，圆滚滚的身子，平凡的外套。

我怜惜它短暂的生命。差点儿忘了自己的生命也是短暂的。

穿行在沙枣林中，身边果实累累，像葡萄一样一大串一大串沉甸甸地低垂，把树枝深深压向地面。

何止是麻雀们的富足，也是我的富足啊。是我视觉上的富足，也是我记忆的富足。

我边走，边摘，边吃。赛虎和丑丑也不知从何得知这是可以吃的好东西。它俩时不时用狗嘴咬住低低垂向地面的一大串沙枣，头一歪，便捋下来满满一嘴。三嚼两嚼，连籽吞下。

过去，我所知的沙枣只有两种。

一种是灰白色，仅黄豆大小，但甜滋滋的。尤其顶端微微透明的黑色区域，就那一丁点儿部位，更是糖分的重灾区。轻轻划开，便眼泪一般渗出蜜汁。这也是大家最喜欢的沙枣，最为香甜。遗憾的是太小了，除去籽核，基本上只剩一层薄皮。唇齿间刚刚触碰到一抹浓甜，倏地就只剩一枚光核。

还有一种沙枣大了许多，颜色发红，饱满美丽。因个头大，吃着稍过瘾些。但口感差了许多，不太甜，味道淡。吃起来面面的，沙沙的。难怪叫沙枣。

由此可见，造物多么公平。我从小就熟知这种公平。

然而，在此处，在水库旁边，我被狠狠刷新了认识。

眼下这些沙枣完全无视天地间的公平原则——它又大又甜！真的又大又甜！

若不是吃起来仍然又面又沙，仍然是极度熟悉的沙枣特有的口感，我真怀疑它们是不是沙枣和大枣的串种……怎么会这么大，又这么香甜呢？

在北方的大陆腹心，我相信沙枣是所有孩子童年里最重要的记忆之一。我猜没有一个小学生的作文里不曾提到过它。包括我，也包括我妈。

我妈小时候，唯一被老师表扬过的一篇作文就是关于沙枣花的。

她写道："沙枣花开了，香气传遍了整个校园。"

半个世纪后她仍深深记得这一句。那大约是她生命之初最浪漫、最富激情的一场表达。

我也热烈歌颂过沙枣，出于成长中无处依托的激情。

但是到了今天，少年的热情完全消退，我仍愿意赞美沙枣。无条件地，无止境地。

当我独自穿行在沙枣林中，四面八方果实累累，拥挤着，推搡着，欢呼着，如盛装的人民群众夹道欢迎国家元首的到来。

我一边安抚民众热情，说："同志们好，同志们辛苦了。"一边吃啊吃啊，吃得停都停不下来。吃得扁桃垂体都涩涩的。似乎不如此，便无以回报沙枣们的盛情。

吃着吃着，又有些羞愧。这可是麻雀们一整个冬天的口粮啊！

但是四面一望，这壮观的盛宴！麻雀们绝对吃不完的。就算把乌鸦们加上也吃不完啊。

我暗暗记住这里。幻想有一天能重返此处，带着最心爱的朋友，炫耀一般地请他们见识这荒野深处的奇迹，诱导他们触碰自己多年之前的孤独。

对了，还有沙枣花。

沙枣花是眼下这场奇迹的另一元。

我极度渴望，向只在春天闻过沙枣花香的人描述沙枣果实，向只在秋天尝过沙枣果实的人拼命形容沙枣花香——唯有两者共同经历过，才能明白何为沙枣。

才能完整体会这块贫瘠之地上的最大传奇——这中亚腹心的金枝玉叶，荒野中的荷尔蒙之树，这片干涸大地上的催情之花。

所有开花结果的树木都诞生于物种的进化，唯有沙枣，诞生于天方夜谭。

诞生于金币和银币之间、奇遇记和地中海的古老街道之间，诞生于一千零一夜所有的男欢女爱之间。

它惯于防备，长满尖刺，仿佛随时准备迎接伤害。然而世上与忠贞情感相关的事物都富于攻击性。要么玫瑰，要么沙枣。

它扎根于大地最最干涸之处，以挣扎的姿势，异常缓慢地生长。然而哪怕用尽全力，它的每一片叶子仍狭小细碎。

小小的叶子，小小的，小小的黄花，小小的果实。沙枣树以最小的手指，开启最磅礴的能量。沙枣花开了！

我所经历的最浓烈的芳香，要么法国香水，要么沙枣花香。

沙枣花开了，这片荒野中所有的年轻的，无依无靠的爱情，终于在大地上停止了流浪。

直到沙枣终于成熟，沙枣花香才心甘情愿退守到果实深处。所有爱情瓜熟蒂落。

我一边吃沙枣，一边猜测麻雀有没有爱情。

平凡的麻雀，卑微的鸟儿。叽叽喳喳一阵，一辈子就过去了。

而沙枣供养的另一类鸟儿——乌鸦——体态稍大，想必也胃口稍好吧。乌鸦穿着黑衣服，所以看上去有强烈的庄严感。可大家对它的印象只有聒噪与不吉利。

可是当乌鸦起飞的时候，和世上所有鸟儿一样，身姿有着飞翔特有的豪情。

乌鸦的爱情呢？

乌鸦成群翱翔。不远处雁阵成行。

大地上的秋天隆重得如国王登基的庆典。

在隆重的秋天里，我一边吃沙枣一边反复思量，到底沙枣够不够大家过冬呢？

三十八 洗澡

赛虎很害怕洗澡。然而长期在野外生活，又是个白狗，不洗澡的话，后果很严重。

好在它的衣服具可再生性，哪块弄脏了我妈就剪掉哪块。比洗澡方便多了。

于是夏天还没过去，赛虎就成了癞皮狗。

加上浑身挂满了苍耳，赛虎达到了狗生中最狼狈的巅峰时刻。

对了，还有它的狗肚皮，脏得都快长不出毛了。

几粒小奶头统统变成了黑豆豆……

赛虎在门口空地上仰面朝天晒太阳，几粒黑豆豆引起了一只老母鸡的注意。

它踱至它的身边，歪着脑袋疑惑地观察了半天。为确认自己的判断，它以迅雷不及掩耳之势……无比精准地……猛叼一口……

唉，赛虎那一声惨叫，我终生难忘。

丑丑恰恰相反，一天洗三次澡，神经性洁癖。

我妈天天骂丑丑，说从没见过这么蠢的狗。天气越来越冷，夜里已经开始打霜了，这家伙仍一大早准时下河。还游来游去玩得爽得不行，只露个脑袋在水面上。

"不怕冷吗？这个牲口，真是个牲口，不知冷热的牲口！"她披紧身上的棉衣，絮絮叨叨地骂。

我难以理解她为何气成那样，简直比为丑丑偷鞋子而善后还要生气。

大约她自己怕冷吧，就以为别人以及别狗都跟她一样冷不得。

说实话，我还真没见过像丑丑那样喜欢水的狗。大江大河也罢，路边的泥水坑也罢，只要一看到水，这家伙就不要命地往里跳。扑腾一番，再上岸打滚，滚得浑身泥坨。再故作无辜地往你身上扑。

丑丑身架高大，样子凶恶。长得跟条狼似的威风凛凛，令人心生畏惧。可做起蠢事来，却让人根本没法顾及它狼一样的外表，只想逮着一顿猛揍。

丑丑喜欢撒娇，可它那副体态，撒起娇简直能置人于死地。

——先猛扑，再用狗脑袋猛撞，然后两只粗壮的前爪紧紧搂着你的腰身左右猛晃。尾巴快要摇到天上去了。

那时，绝对没人会对这条撒娇狗心生怜意。只恨不能一手抓一只它的前爪，三百六十度抡圆了扔出去。

可问题是谁能抡得动这么大一条狗啊！

总之，每当明明浑身泥浆还自以为出水芙蓉的丑丑向我扑来时，我发出的尖叫能惊动所有电站职工。

大约水电站偏远寂寞，电站的工作又清闲，电站职工偶尔会过来串个门子。

其中一个年轻的女人尤其热切，隔几天就来看我一次。

我不知道她喜欢我什么，也不知自己为什么也挺喜欢她。大约都很寂寞吧。

她可能觉得我家伙食开得不好，每天餐桌上只看到萝卜白菜，于是每次来都会捎几只他们食堂剩下的油饼和包子。有时还有她从城里带来的水果、火腿肠之类的零食。

每次来，她都找我讨一只花盘。

此时花盘已经渐渐成熟。我带着她走进深深的葵花地，挑了又挑，最后砍下最大最饱满的一只花盘。

新鲜葵花籽的口感有些像新鲜核桃，皮软，仁嫩，油分不大，清甜滋润。

我们捧着花盘，把瓜子一粒粒抠出，边剥，边吃，边互相打探对方底细。直到对方收入多少谈过几个对象都搞得一清二楚为止。

每次告别时，她总会盛情邀请我去她宿舍玩。还总会提到，她们那里有沐浴设备，可以洗澡。

我不知她为什么这么热情，洗澡的事都提过好几次了。

直到有一天我照了一下镜子，才明白……

我已经一个多月没好好洗澡了。只在天气热的时候，关上门，拧块毛巾擦擦。或者烧一锅水洗洗头。

反正种地的人嘛，都不太讲究。反正生活在此处，一天到晚也见不着几个外人……思路渐渐向我妈靠拢了。不由警惕。

不过自从搬到水库边，用水就方便多了。

我每天去小河边打水。小河离得不远，向南穿过一大片芦苇荡就到了。但是水很浑浊，至少得静置一整天才能澄清。

有一次我去地里找我妈，无意中走到这条河的下游，又不知不觉沿着河往西走了一公里远。在那里，发现了这条河的一条支流。支流更窄更浅，但水流又清又缓，流得平平展展。水底是洁白的沙滩，两岸是芦苇丛和低矮的灌木。

要是我们住在此处多好啊。

过了中秋节，气温突然回升。虽然一早一晚还是很冷，但正午那会儿简直算得上是"酷热"。

那两天总是会想到这条小河，思量着悄悄过去洗个澡。

那边芦苇浓密，河边只有牛羊走出来的野路。离村庄和田野又远，估计不会有人经过。

于是一天正午，我带着换洗的衣服和香皂，顶着大太阳往那里走去。

谁知到了地方，试了一下水温，没想到明晃晃的大太阳下，水却依旧冰冷刺骨。

应该能想到的，毕竟已经九月了，早晚温差巨大。水又是冰川所化，虽然已经流了几百公里。

总之，还没洗完脚就冻得坚持不住了……只好原样抱着衣服回去。

于是，当电站的那个姑娘再次邀请我去洗澡的时候，我立马同意了，并大力感谢她。

我带着衣服和拖鞋跟她向洗澡的地方走去。却发现目的地不是宿舍，而是他们值班的机房。

原来，是一个公用的小沐浴间。

职工本来就少，又大多只在回城之前洗一洗。所以平时都是闲置的。

机房里有许多巨型仪表设备，还有好多转轮、管道之类的机械装置。在角落里，有一个地道入口。她打开入口处的栅栏铁门，领着我一同向着黑暗的下方走去。

梯道又暗又窄又长。下面又有一道防盗门。还没走到近前就听到机器的轰鸣声。

一打开门，声音猛地膨胀。我仿佛被卷入了巨型机械的运转之中。

下面的空间很大，却非常黑暗。虽然也悬挂着大瓦数的电灯泡，但那光芒被浓重的黑暗所稀释。我能看到一切，却看不清一切。

巨大的轰鸣声伴以空气的颤抖及无数细小气流的穿梭游走，令我站在最后一级台阶上，迟迟不敢踏出最后一步。

轰鸣声来自于我的右侧。那是大坝阀门的方向。

我知道那里有巨大的水流正强有力地冲击在黑暗中的机器转轮之上。飞速运转的轴承在复杂过程中将水的势能转换为电能。电是狂暴不羁的，却在此处被缚。它顺着密密麻麻的管线高速奔逃，四处碰壁。我知道电就在四周，一部分在四面八方迷路，一部分在黑暗中潜伏。更多的电，被禁闭在头顶那些巨大的仪器之中，被强行揿捺着，丝丝缕缕沿上空数条细细的管线，去往广阔人间的千家万户。

我为人的力量而惊惧，又隐隐感到人的疯狂。

这地底黑暗而沉闷，地板微颤，空气中充斥浓重的机油味。我微微有晕车的感觉。

我小心翼翼走向那姑娘。只见她把角落里一个小门打开，又摸索着开灯。走近一看，里面是一个昏暗狭小的空间。顶多一个多平方大小，上方挂着一台电热水器。

——感觉非常不真实。像是回到了三四十年代，一抬头，看到这台热水器。

虽然很想慢慢地好好地洗个澡，但直觉此处不可久留……

这个澡洗得紧张又焦灼。

在地底深处洗澡，恍惚间像是在星球大战时双方暂停交火的空隙间洗澡。洗着洗着，战事又起，外面天崩地裂，火光连天。而此处昏暗封闭，空气在轰鸣声中高频震荡，水柱仍均匀地喷洒。

我一边揉脑袋上的泡沫一边竖起耳朵，警惕着地震、战争、大坝爆炸、电压泄漏等一切灾难。

从来没洗过这么没安全感的澡。

好像在核反应堆旁边洗澡……

又想到这水的温度源于附近刚刚生成的电能。"新鲜的电"——这个想法让我突然想尝尝这洗澡水是什么滋味。

"新鲜的电"，巨量的水被截流，上下游生态生生断裂，亿万鱼类的道路被封堵。鱼群想要回溯，想要产卵，却只能在春天里，在大坝的瀑布下，无望地徘徊……所有这一切，只不过为了"新鲜的电"，为了令眼下的水温更暖和一些，为了让人类干干净净地活着。

于是，又觉得此刻像是在朽坏的末世洗澡，像在一个冲着无底深渊无尽堕落的洗澡间中洗澡。

洗啊洗啊，好像不只为了洗净尘垢，还想要洗去一身的罪过。

············

不过，等洗完澡，重返光明寂静的地面，所有胡思乱想戛然而止。

头发轻飘飘地披散在阳光中，浑身轻盈。忍不住打心眼里感慨，还是洗了澡舒服啊。

三十九　我的无知和无能

　　刚搬来此处那几天，一连下了两场雨。雨停后整天刮大风，气温降得极低。我们想，到底是"一场秋雨一场寒"，这天气可能再也缓不过了。可是，葵花刚撑开花盘没多久呢。便都有些沮丧。

　　没想到半个月后，天气居然又回暖了。蚊子又多了起来，中午时分也不用穿秋裤了。

　　我们都很高兴。

　　今年，不只是南面那块地种荒了，水库这边这块地也种得不太顺利。春天播种后，等了一个月仍不出芽。大约是种子有问题。我叔叔只好又买回一批种子补播了一遍。

　　所以我家这块地成熟得比邻近几块地都晚了一大截。

　　所以附近好几块葵花地都开始收割了，我家的还在开花。

　　我们只能指望眼下这样的好天气能多持续几天。至少坚持到授完粉之后，可别突然过寒流……

　　不过，花怕冷吗？若真的遇到寒流，会不会冻得结不了籽？

　　说起来，种地应该算世上诸多劳动中最稳妥的一种。春天播种，秋天收获。也就稍微辛苦些、单调些而已。

　　可大自然无从操控。所有与大自然息息相关的行为都带有赌博性质。

　　赌天气，赌雨水，赌各种突如其来的病害。种地就是"靠天吃饭"。

　　哪怕到现在，我们几乎可以改变一切了，仍无法掌控耕种的命运。

　　我们可以铺地膜为柔弱的小苗保温、保墒；可以打农药除草、除虫；可以施化肥，强行满足作物需求，强行改变土壤成分；还能强行改变河流走向，无论多么遥远角落里的土地，都能通渠灌溉……但是，仍和千百万年前一样，生存于侥幸之中。

　　一场冰雹就有可能毁灭一切，一个少雨的夏天就能绝收万亩土地上的全部投入。

　　农人驾驶着沧海一帆，漂流在四季之中。农人埋首于天空和大地之间，专注于作物一丝一毫的成长。农人的劳动全面敞向世界，又被紧紧桎梏于一花一叶之间。

　　我最无知。我曾毫不相关地走过许多广阔的田野。一路上静静欣赏，沉醉于这些大地上的人造景观，为人的力量和人的野心而感慨。

对那时的我来说，大地上的一切都是理所应当的存在。

粮食理所应当从土壤中产出，作物理所应当蓬勃健壮，丰收理所应当属于劳动。

我感慨完毕，便永远离它远去。

我在市场买菜，蔬菜已经捆扎得井井有条。我在饭店吃饭，食物已经盛在盘中。

如同一切已成定局。我一日三餐，无尽地勒索，维持眼下这副平凡虚弱的肉身的存在。明明吃一碗饭就够了，我非要吃两碗。

我那些可笑的心事，可笑的悲苦，可笑的尊严——好像我活着只是为了将它们无限放大，并想尽办法令它们理直气壮地存在。

我泡沫般活着，还奢望这样的生命能够再长久一些，再有意义一些。

到了眼下，面对与我息息相关的一块田野，我却无话可说，无能为力。

我只好拼命地赞美，赞美种子的成长，赞美大地的丰收。我握住一把沙也赞美，接住一滴水也赞美。我有万千热情，只寻求一个出口。只要一个就够了。可荒野紧闭，旁边的乌伦古河日夜不息。我赞美得嘶声哑气，也安抚不了心虚与恐慌。

我不得安宁。无论生活在多么偏远僻静的地方，我的心都不得安宁。

我最嘈杂，最贪婪。我与眼下这世界格格不入。

眼下世界里，青草顶天而生，爬虫昼追日，夜逐月。风是透明的河流，雨是冰凉的流星。

只有我最简陋，最局促。

我酝酿出一份巨大的悲哀，却流不出几行眼泪。我全面坦露自己的软弱，捶胸顿足，小丑般无理取闹。可万物充耳不闻。

我无数遍讲诉自己的孤独，又讲诉千万人的千万种孤独。越讲越尴尬，独自站在地球上，无法收场。

四十　各种名字

在水电站，我们认识了水电站长革命别克。接下来，又认识了职工解放别克。

对这种有时代烙印的名字，我感到有趣极了。于是大家就此话题谈论了许久。

在我们当地，我认识好几个叫"革命"的哈萨克人，他们出生时统统赶上了"文革"。

一般来说，叫"革命别克"的，上面还会有一个兄弟叫"文化别克"。

若是女性，"革命"之后则会加上"古丽"。"革命古丽"，革命之花。

"古丽"是花的意思。正如"别克"是哈萨克男性名字的常见后缀，"古丽"就是女性名字的后缀。

但有时候姑娘的名字里也会出现"别克"。我的好友二娇曾告诉我，她认识一个哈萨克姑娘就叫别克炸弹……她的哥哥叫别克坦克，她弟弟叫别克火箭。真的。

多么火爆的一家人。

可想那个年代，大家的情绪多么激昂。连偏远的阿勒泰牧场都没躲过那场时代震荡。

我还认识一个"劳动别克"，这个就质朴了许多。

另外还有一个叫"工作别克"。

以上所说的"劳动"啊"工作"啊"革命"啊"炸弹"啊之类，统统都是汉语，不是音译也不是意译。我猜这也是牧人们对汉语以及汉语世界最初的接受吧。

汉族人名里的时代痕迹就更强烈了。我叔叔有一个亲戚叫"清理"——清理阶级队伍时出生的。

另外我曾听人说过，有一个人叫"分队"，生于开始实行联产承包责任制的年代。

他出生不久，他家邻居也得了一小孩，便随着他叫了"单干"——分完队不就开始单干了吗？

唉，只能说，这些父母取名的随意性太强了。

不过话又说回来，我妈给我取名，可是一点也不随意。她绞尽脑汁，翻烂了字典，非要取一个与众不同，天下无双的名字不可……

结果呢，就取了"李娟"。

我在牧场上生活时，听说有一放羊的老头儿，名字叫什么忘了，但翻译成汉语的意思则是"擀面杖"。

还有一个牧人叫作"第六个财主"。不知他上面是否还有五个财主。

这俩名字与时代无关，仍然很有趣。

唉！这种话题真是越聊越兴奋。于是大家你一段我一段，分享了许多各自的见闻。

据说有一家人兄弟五个，依次取名为：大占子、二占子、三占子、四占子、五占子。

——意义不明，嘎嘣儿响亮。

还有兄弟三个，分别叫作：门栓儿、门别儿、门扣儿。

——估计他家很难进贼吧。

我还听说有兄弟三个，分别叫作：树枝儿、树皮儿、树叶儿。

还听说有俩姐妹，名叫"金块儿"和"银块儿"。

——感觉俩人往那儿一站，锃光四射。

我妈认识一家人，兄妹四个。老大出生那天村头路过一辆汽车。那个年代，在农村看到汽车是罕见的事，便取名为"车来"。

老二出生时，家门口停了一辆车，更罕见，便取名"车停"。

老三出生时他妈坐车进城，差点把他生在车站上，则取名"车站"。

生老四时，时代已经进步了，汽车也不罕见了。但电话这种东西仍比较罕见。那天村长通知她爸去乡里等一个电话。接完电话回来四丫头就落了地，于是取名"电话"……

四五十年后，大家"电话婶"长"电话婶"短地叫她，都不觉得有什么不对。只有我妈少见多怪，一听到就笑。

我还知道有一个大叔，叫"驴头"……好吧。也不知是容貌方面的谦虚，还是智商方面的谦虚。

还有一位大婶，叫"勤快"。——蕴含了她父母对她的质朴的期望。

还有叫"大件"的。物质匮乏的年代，大件家私算是一个家庭的最大体面。所以，得了个儿子的极度喜悦，非取此名而不能表达。

其他意义不明却较为特别的名字还有：面呢儿。——这个名字腻乎了些，念的时候，总有半口气出不来。

还有："叉"……是的，就一个字：叉。

还有一对姐妹花：琼巾儿、琼块儿。

还有叫"拧拧"的，他爸则被大家称呼为"拧爸"。

最后要说的是"大红花"。

大红花是我们雇用的一个短工。注意，这三个字是汉字。我和我妈一直到现在都很好奇：这个名字到底是意译还是音译？是绰号还是本名？

四十一　大红花

大清早，我还没起床呢，大红花就来了。

她一把推开门，笔直走到我床边。捞根板凳在我面前一屁股坐下。拉开阵势，就开始冲着我滔滔不绝发起牢骚来。

先说她家的小孙女明天就要开学了，学费还没凑够……

再说她弟弟生病了，想去县城探望，却只有去的路费没有回来的路费……

又说家里牛也没有，羊也没有。现在呢，地也没了。（——我很想插嘴：地虽然没有了但是包出去了啊，包出去了有租金啊……）

并哭诉如今省道线两边上下五十公里内所有村庄的所有粮油铺都不再给她赊账了……

我毫无办法。只好趴在床上，紧紧裹着被子，只露出一个脑袋，耐心地等她发完牢骚好赶紧走人。

她仅仅只是来发牢骚而已，对我并没有什么不满。

大红花五十多岁的光景。花白头发，大嗓门，高鼻梁，身高一米八。粗胳膊粗腿虎背熊腰，往那儿一站，中流砥柱般稳稳当当，雷霆不能撼之。

可惜这样一副气派的身材，平日里却衣装破陋滑稽。

我们通常看到的情景会是：上面一件小了三码的短背心，亮堂堂地露出肚脐眼，下面一条抹布似的长裙拖在脚背上。

与其他哈萨克妇人不同，大红花从不穿衬裙。于是屁股上那块裙幅总会被深深夹进臀沟。每次跟在她后面走，我总按捺不住想替她扯出来。

此外，她还从不穿袜子，光脚跶一双男式破拖鞋。脚趾头脏得何其狰狞，獠牙般凶狠。

不过劳动人民嘛，整天辛苦奔忙，不甚讲究也是无可厚非。

但是，大红花就"不讲究"得有些过分了。

在我们的蒙古包迁移此处之前，我叔叔独自在大红花所在的村庄住了很长时间。本地礼俗是单身汉不用自己开伙，可随意上门混饭。于是他就挨家挨户轮流混。

但是大红花家，只去过一次，从此再也不敢去了。

不说别的，她家的黄油就能吓跑一切客人——颜色黄得快要发红，跟放过了十个夏天似的。

我叔叔说，那油又稀又软，上面陷满了苍蝇，死了的已经一动不动，活着的还在拼命挣扎。

单身汉四处混饭也就罢了，大红花全家上下好几口人，照样也靠混饭过日子。

一到吃饭的点儿，她出门远眺一番，谁家的烟囱最先冒烟，就率领老公儿子儿媳孙子一群人直奔而去。

别人家有啥吃啥，倒也不挑剔。

但若是有啥不吃啥，她就会发怒。

比如灶台上明明挂了风干肉，锅里还煮着素面条。她定会上前帮忙把肉摘下来，亲自"啪啪啪"剁成块，统统扔进面条锅。

她走进我家蒙古包，环顾一周，立刻锁定目标。

往床下一指："西红柿！一个！"

我连忙跑过去，拾一个递给她。

她拒绝："大的！"

我又跑回去，换个大的。

她接过来，往床板上四平八稳一坐，大口大口咬着吃起来。

吃完后，再环顾一周："妈妈呢？"

"不在。"

"爸爸呢？"

"也不在。有事吗？"

"没事。"言罢，庄严起身离去。

要不是西红柿蒂还扔在地上，根本不晓得刚才发生了什么事。

然而，劳动时的大红花那是相当值得称赞的。

砍葵花盘时，她一个人砍四排埂子，呼呼啦啦，所向无敌。

而我只砍两排埂子才能勉强追上她。

况且她还边砍边嗑瓜子吃。

到了农忙季节雇短工时，这一带种地的老板都愿意雇用大红花。

而农忙季节，似乎也是大红花一家一年之中为数不多的进账时节。

尽管如此，这一家人也没见比平时积极到哪儿去。

晚上工，早回家，中午还要午休俩小时，和平时一样闲适又悠哉。

我家雇大红花做短工，苦的却是我们的邻居，水电站的职工们。

我家是汉族，不太方便管穆斯林工人们吃饭。而我家葵花地位置又太偏，方圆数里再无其他人家，没处打尖。于是来打工的短工大都自带午饭。

大红花一家却是自带碗筷。

因为我们隔壁水电站的职工食堂是清真餐食……

我不知大红花一家具体是怎么蹭上饭的，总之他们每天准时和职工们一起进餐。

才开始，只听到食堂负责人莎娜每天都站在食堂门口大喊："别吃了！已经不够了！还有三个值班的没来！"

后来，又多了水电站站长和她站在一起大喊："大红花！明天别来了！以后再也不要来了！预算超支了！超支了！"

而大红花一家悄无声息，围着餐桌继续埋头苦干。

说实话，我最感慨的并不是大红花的厚脸皮，而是大家的容忍度。

接着说大红花。嗯，再困苦再窝囊的人生，也是需要精神享受的。于是，在农忙时节最紧张的那两天，大红花一家辞工不干了。

理由是第二天在一百公里以外的某地要举办一场盛大的阿肯弹唱会（本地一种传统的民间文化活动，除了歌手对唱，还会有体育竞技和歌舞表演）。

这种临时撤工的行为令人大为恼火——一时半会儿的叫我们到哪儿找人顶上当前繁重的活计？！

况且时间紧迫，南下的游牧大军已经驻扎在乌伦古北岸了。得赶在牲畜过河之前砍完花盘、晒完葵花，否则，辛苦一夏天，到头来全都做了慈善。

我们一家简直急火攻心！

我妈上蹿下跳地咒骂，也没用。

提高工资，还是没用。

我妈恨得咬牙："活该穷死！有钱不赚，真是变态。"

一般情况下，她只骂我变态。

我劝道："别和她计较了。人家都已经这么穷了，若是连个弹唱会都看不成，岂不更是活得更没意思？"

我妈想了想，觉得有道理。

毫无办法，我们只好全家上阵。连着两天，从天刚亮一直干到伸手不见五指，累得跟猴儿似的。总算抢在牛群过河之前赶完了全部的活儿。

此后整整一礼拜，手掌心疼得吃饭时筷子都握不住。

不过倒是省下了四百块工钱。

再想想大红花干活时从容不迫的架势，虽然依旧埋怨，却更加钦佩了。

看弹唱会时的大红花想必远远抛弃了葵花地里的劳动形象，已经全身上下耳目一新。

我曾在阿克哈拉的集市街头见过她打扮起来的样子——金丝绒的花裙子上缀了一层又一层亮锃锃沉甸甸的装饰物。脖子上的珠串子粒粒都有鹌鹑蛋大。蕾丝边的紫头巾，银晃晃的粗簪子。脸雪白、眉乌黑。

还有靴子，擦得那个亮！

用我妈的话说："蚂蚁若想爬上去都得拄着拐棍。"

说实在的，一般人打扮得如此招摇肯定会显得特俗气。可大红花不，哪怕浑身插满了花，她也有压得住的那种气派。

她本来就是丰壮体面的大架子身材嘛，稍一打扮就额外神气。

兼之左右手各拽着一长串花花绿绿的孩子，大踏步前进，目不斜视。所到之处，额外引人注目。

虽然一直都没搞清楚大红花为什么要叫"大红花"，但实在觉得这名字太符合她了！

也说不清哪儿符合。反正吧："大红花"——呃，好名字，"大红花"！

四十二　雇工

葵花成熟了。黄艳艳的小碎花纷纷脱落，黑压压的葵花籽饱满地顶出花心。沉重的花盘便谦虚低下了头去。

但是，我们得让它抬起头来。

我们要它面向太阳，尽快晒干。晒干后才便于把葵花籽敲打下来。

于是，我们开始砍葵花。

我们一人一把菜刀，左手扶着花盘，右手落刀，将花盘砍下。再把剩下的秆株砍去一大截，只剩一米多高的光茬秆。然后把左手的花盘稳稳插在光秆上。

对了，砍的时候，得斜着砍，令最后一截光秆的梢头尖尖的，插花盘的时候能一下子插稳。

说起来好像挺复杂，其实就是"唰唰"两刀，然后"啪"地一插。

几秒就能砍完一株。而且也算不上重体力的活儿。

我抡菜刀抡得虎虎生风。和大家相比，一步也没落下。便很有几分劳动的豪情。

但砍了才几亩地，胳膊就僵了，肩膀酸疼，腰也不行了，顿时感觉到健康危机。等干到第二天，开始感到老年危机。

晒干葵花盘后，就收葵花。

这个更简单，把花盘从秆子上一个一个拔下来，装进袋子里拖到地头空地上堆着。

接下来就该敲葵花了。

花盘全堆到一块宽大的塑料篷布上，敲葵花的人坐在其中，手持一根擀面杖大小的短木棍，把葵花花盘一个一个倒扣着敲打。直到葵花籽落完为止。

这个倒不算重活。但就是磨人。

每到那个时候，我一边奋力敲打，一边腹诽为什么要种这么多葵花。一边又庆幸，幸亏没种五百亩。

后来我看到一个视频，某地农民把自行车倒过来，轮子朝天立放。然后一手摇动脚踏板，一手将花盘靠近飞转的车轮辐条……——"哗！——"那个痛快！葵花籽四溅，没两下，花盘就给刮得干干净净。

这项发明简直可歌可泣啊！

要是早几年看过这个视频就好了……

总之敲葵花那几天，我的老年病进一步恶化。每天下了工，累得饭都吃不下。

那几天风又大，呼啦啦横吹，满世界咆哮。我裹着厚厚的围巾，一个人坐在晒场上干活。面前小山似的一堆花盘，身后小山似的一堆空花壳，身下黑压压的葵花籽。

机械性地敲啊打啊，满手打得都是泡。

想起"水滴石穿"这个词。

——若把自己这两天敲葵花的劲儿全都攒到一处，我估计夯实一座小房子的地基都没问题。

至于为什么就我一个人干活呢？我妈和我叔叔两人干什么去了？

我叔忙着到处找工人干活，我妈忙着回阿克哈拉开店赚钱，好付工人工资……

雇到像大红花那样的短工，虽然有各种不满，但统统都能被她"能干"这一长项所抵消。

能干的短工并不多，更何况短工本身就不多。

不知为什么，这两年短工的工费越来越高，工人却越来越少。

想来想去，大概是新垦土地越来越多吧？

地越来越多，劳动力却始终不变。

短工都来自附近几个村子。可荒野中的村庄，本来人口就少。夏天，大部分劳动力还都随着羊群转移到北方深山牧场中了。每个家庭只留守一两个人。平时还要经营自家的过冬草场。

耕种规模特别大的地老板会在农忙季节从县城招工人

来干活。但是，对于我们这些只种了几百亩地的小家户来说，这种做法成本未免太大。

此处毕竟太过荒远，最近的城市也在一百多公里之外。如果雇外地工人，不说路费、伙食费这些开支，光晚上十几个人的住宿也难以妥当安排。

别看种葵花大部分时间蛮清闲的，但忙起来的时节，没一次不让人急得上火。

播种、浇水、上化肥、打农药、打杈、砍花盘，这些活儿不但费人工，而且都是抢时间的急活。耽误几天都有可能影响葵花的最终收成。

偏偏眼下这数万亩土地的生长节奏基本一致，我们忙的时候，别人自然也忙。我家急需短工的当头，别人也在四处招人。于是难免撞车。甚至还会发生互相挖墙脚，私下涨工资这种事情。

所以每到必须雇工的几个农忙时节，我妈和我叔愁惨了。

砍葵花那阵子，我们雇了一个半大孩子。

午休时他一边玩耍钥匙串一边和我叔闲聊。钥匙上挂着张塑料卡片，镶着明星照片。

我叔叔问："这人谁啊？你哥？"

那孩子连忙说："这是姚明！"满脸的崇拜。

我叔叔又问："会砍葵花吗？"

对方连忙解释："他是打球的，可厉害了！"

"有啥厉害的？"

"他个子有两米二！"

叔叔连忙说："那你给他打电话，过来干活，我们一天给八十块钱。"

之前，分配给我的工作只有做饭洗衣服喂鸡拔草什么的，算是半个劳动力。

但到了用工荒的时节，硬是凑成了一个整劳力，跟着大家一起上。

我妈一边干活一边感慨："机械化程度低！这鬼地方机械化程度太低了。没法提，简直没法提！"

她常常抱怨时代倒退："机械水平还不如三十年前！"

这话也有一丝炫耀成分。

她曾经是兵团农场的农业技术员。在经营土地方面，她有过堪称辉煌的青春记忆。

好吧，机械化种地的效率肯定更高、更省心，听着也更高端更体面。

可她也不想想，亏得机械化程度低，她才种得起地。

人工费用都快要付不起了，还敢想机械化……

打比方，她雇得起飞机洒农药吗？

再说了，我家眼前就这么一百多亩地，怎么雇飞机洒？飞机刚上天就飞过界了，农药全洒给隔壁家了。

四十三　等待

是的，在农忙的最后关键时刻，我们家既找不到工人，也雇不起工人了。

我一直以为，种地这种事，完全是力量的投入。没想到，更多的却是钱的投入。

铺地膜，施化肥，洒农药，雇蜜蜂，都得花钱。

从最开始的播种、打杈，到最后的砍葵花、敲葵花，都得花钱雇工。

于是，到了砍葵花的时节，我妈已是山穷水尽。

种地之前，为了攒够本钱，我妈甚至卖掉了刚盖好的新房子，全家住进了新房旁边的兔舍。

这次回家，我身上也带了点钱，也跟着全投了进去。水瓶里的水位还是没升多少，乌鸦还是够不着。

若雇的是长工，拖欠一两个月工资还说得过去。可短工的工资是当日结算的。一人就那百十块钱，赊账的话，别说人家不乐意，我们也实在开不了口。

我妈雇过一个长工，一个哈萨克男孩。在我家干了一个月，除了背背篓，啥先进农业生产技术也没学到。

而且人家是穆斯林，在我家搭伙也不方便。虽然我家从不吃猪肉，还算清真。但是让喝奶茶长大的孩子天天跟着喝稀饭，实在委屈人家。

家里的地不多。雇了长工，虽然忙起来的时节我妈轻松，但不忙的时节长工轻松。而不忙的时候又远多于忙的时候。

我妈一核计，很快辞了人家。

人家也挺高兴被辞。

于是今年便再没雇过长工。忙的时候咬咬牙，大小活计也就熬下来了。

但是越往后，越熬不住了。

必须得雇人，必须得花钱。

这时，我妈想起自己的杂货店。

阿克哈拉村子小，人口少。村子中心位置却有好几家小店，卖些简单的粮油百货。城里的批发店每过一段时间下乡发一次货，每家的商品也都一模一样。

我家的店门面小，货品就更少。之所以能够一直生存到现在，亏得我妈有其核心竞争力——嘴巴甜。

但是由于种地，店已经关了大半年，一直没进新货。重新开店的话，肯定不会有什么生意。

但我妈还是想试试。

蜜蜂授粉后，在等待葵花灌籽的时间里，我妈暂时得闲。有一天她骑摩托车回到了阿克哈拉小村。

那天，天黑透了她才回来，喜滋滋地告诉我们，开了半天店，卖了八十块钱！

刚好够一个工人一天的工钱。

夏天村子里本来就人少，存货又不多，能卖八十块钱已经很不错了。

八十块钱的陈旧商品，利润能有多少呢？我问："这一来一去几十公里，汽油钱赔进去吧？"

我妈掐指一算："没赔！如果只卖了三十块钱，就赔了。"

从那天开始，我妈的开店救急行动正式启动。

她每天上午出发，天色暗下来了才回家。每天差不多都能卖几十块钱出来。最少的时候也有二三十。勉强赔进去汽油钱。

有一天生意突然特别好，居然卖了将近两百块钱。我妈无比快乐，哼了一晚上歌。

她说："要是连续两天都这么好的生意，我就休息两天不去开门了。"

结果，接下来的两天守到天黑也没卖出一分钱。生生抵消掉了前两天的好业绩。

她恨恨道："白守了两天，早知道这样，这两天就不去了。在地边帮我娟干点活。"

咦？什么叫作——"帮"我干活？

这怎么就成了——"我"的活儿？

尽管如此，到了第二天，她还是揣着两张饼，浑身裹得厚厚的，顶着凛冽大风准时出发了。继续到店里碰运气。

我觉得我妈最大的辛苦还不在于每天几十公里地来回折腾，而在于和顾客斗智斗勇。

这年头，生意越来越难做。在牧业地区，财产随着羊群走，夏天留在村里的人们都过得挺紧巴的。买东西的时候，大家跟挤牙膏一样拼命还价。

常见的情形是——

"行啦老板，就一句话，二十块。这条裤子给我包起来。"

"二十块？你说的是巴郎子（小孩）裤子吗？"

"二十一。"

"最低二十九。"

"二十三！一句话，再不说了。"

"二十八。买就买，不买大家都不生气。"

"行啦行啦，一句话，二十三块五，大家交个朋友。"

"朋友也要吃饭啊！"

“一句话，二十三块八……”

我妈抄起尺子就打。

从水电站到阿克哈拉，沿着河边那条公路笔直走就能
到达。

由于这条路的路况好，车辆又少，司机一上了这条路
就疯了一样地轰油门。“嗖嗖”来去，事故频发。

同时，沿途村庄的牲畜管理松散，常常有牛群在公路
中间集合开群众大会。

还有牛直接卧在路中间睡觉。汽车来了理都不理，喇
叭按爆了都没用。

司机只好停车，熄火。下去用脚踹牛屁股，用棍子抽
牛肚子，才勉强能令其让路。

到了晚上，这条路上更是上上下下都是牛。沿途又没
装路灯，哪怕打着车灯也很难看清路况。

之前，我妈和我叔叔就在这条路上出过事。

那次也是夜里骑摩托车，高速撞上路中央卧着的一
头黑牛。摩托车给撞飞到路基下，我妈和我叔被甩出去好
远。好在两人戴着头盔，就摔青了几块肉，破了几块皮，
走路瘸了几天，倒也没大伤。

牛呢？

我妈说，牛站起来就跑了……

还能跑，说明没事。

总之对于我妈每天这一来一去的两趟路程，我一直提心吊胆的。

偏她回来得一天比一天晚。

每天傍晚，我做好饭，热在炉子上。随着天色渐暗，星辰渐起，心里越发不安。每过两分钟就出门朝东南方向张望一阵。

一听到隐隐绰绰的车辆引擎声也赶紧放下一切活计跑出去看。

不只是我，每到那时，赛虎和丑丑也一同紧张地期待着。

这两只野狗白天一直在外面疯，从不见狗影儿。可一到黄昏就全都回来了。老老实实坐门口，一起朝东南方向凝视。

那个方向一有风吹草动，丑丑猛地竖起耳朵，做出蓄势待发的姿势。赛虎则直接用两条后腿站了起来，极力远眺，紧张低吼。

"担忧"这种情绪，可能也讲究一个"心静"。若是生活在诸事庞杂的环境之中，整天顾得上这个顾不上那个。对亲人对朋友，就算有十分的担忧，也会给削去七八。

可在荒野之中，在简单寂静的生活中，一丁点儿大的担忧也会被无限放大。

那时的我，一边胡思乱想，一边扼制胡思乱想。和两条狗一起站在夜风中空空落落地望向深渊般的天边。

我妈喜欢骑摩托。她野心勃勃，曾幻想参加类似野地拉力赛之类的摩托竞技。还托人去报名。

一提到这事她就恨："超龄了！他们居然说老子超龄了！"

幸亏超龄了……

她的车排量挺大，异常沉重。别说骑，像我这样的，扶都扶不稳，推都推不动。

但是说起来，我妈勇猛却不鲁莽，还算是谨慎自重。

在茫茫戈壁滩上，前不着村，后不着店。视野一望无际坦坦荡荡。一棵树也没有，一个人也没有，一辆车也没有，甚至连一个凸起的土包都没有。

在这种情况下，我妈骑车，行至路口，向左转的话一定要打一下左转向灯，向右转则打右转向灯。

我大笑："你打给谁看啊？"

我妈严肃道："不给谁看。要养成习惯。"

我不由暗自称赞。

若是在路口遇到谁拐弯没打转向灯，她立马破口大骂。

若是对方没听到，她非要掉个头追上去，追到人家车窗玻璃边接着骂："不打转向的话我怎么知道你往哪儿拐？你不要命了我还想要呢！"

一个业余交警爱好者。

但是有什么用呢？我妈虽然会打转向灯，却看不懂红绿灯……

总之，一天结束之后的最后一部分内容就是等待。越来越巨大的等待。

我和两条狗一起，在茫茫夜色中长久凝视远方的黑暗。共同渴望明亮的车灯突然出现在那个方向。然后渴望它真的是朝这而来。渴望它越来越近，越来越亮。

那时，我便想起外婆对我的等待。

等待是植根于孤独之中的植物吧？孤独越强大，等待越茂盛。

很久很久之后，车灯终于亮起，终于蜿蜒而来。我妈终于回来了。两条狗仰天激吠不已。

当摩托车出现在视野不远处的道路拐弯处时，赛虎和丑丑狂奔而去。如分别了五十年一般激动。

丑丑个大腿长，跑得最快。笔直地冲向摩托车，像个小钢炮一样猛地撞了上去。吓得我妈连连刹车，大骂："死狗！不要命了吗？"

丑丑毫不畏惧。车还没停稳就紧紧扒住车头，狗脑袋凑到我妈脸上，喷我妈一脸的口水。

我妈躲又躲不开，又不能撒手扔了摩托，怕砸着狗，只好向我呼救："快抓狗！快点！"

我赶紧冲上前抓住狗脖子往后拔，好容易才把她救出来。

相比之下，赛虎的激动稍微婉转一些。它哭泣一般哼哼叽叽，绕前绕后，寸步不离。还站起来抓住我妈的衣摆左右晃，像孩子般撒娇。

我妈一边骂丑丑，一边哄赛虎，一边摘头盔、脱外套。

进了房子，第一件事就是汇报今天的业绩："又是八十块！很好，又能雇一个人干一天活儿了！"

四十四　赶牛

在等待葵花成熟以及晾干的日子里，我叔叔每天四处找工人，忙地里的零碎活儿。我妈每天两头跑，几十公里上下折腾，赚砍葵花和敲葵花时所需的工人费。我呢，独自守着蒙古包，做点家里的活计。

看起来好像就我最闲了。可我觉得我比他们俩谁都忙……

首先，我得喂兔子。整天拔草，拔啊拔啊，拔得腰肌劳损。

其次，还得逮兔子。我家兔子统统都是越狱小能手，出生才十几天，就能蹦出六十公分高的笼子。

若是在以前，想都不敢想，自己有朝一日也能逮着兔子！

要知道这些家伙们活蹦乱跳，跑起来麻溜儿得跟兔子似的——等等，本来就是兔子……

总之，在我这样的运动笨将眼里，兔子跑起来，堪称"风驰电掣"。

跑得快也就罢了，这些家伙们还体态娇小，随便钻进哪个旮旯缝隙里我都拿它没办法。

然而，我低估自己了。

没想到，才逮到第三天，我就练出了一身的好本领。任凭它跑到天边也能揪着长耳朵捉拿归案……

除了喂兔子逮兔子，我还得喂鸡。

按说喂鸡应该最简单，鸡食料是现成的嘛，用麸皮和碎麦子加点水一拌就好。

问题是，我家没钱了……

于是我每天的拔草任务进一步加重。

以前喂鸡是纯饲料，现在饲料和碎草一比一。

问题是我家五十多只鸡啊……

然而，以上这些活计和赶牛相比，都算不得什么。

在这一带，我家的葵花地是收获得最晚的。于是很不幸地赶上了牧业大军南下。我家刚刚砍完葵花，还没晒几天，牛群就已经开始陆续过河……

于是，葵花田保卫战正式打响了。

首先，形容一下那些牛吃花盘的情景：一口下去，硕大的花盘就只剩一弯月牙。

你以为它接下来会再来第二口，把剩下的月牙全部消灭掉吗？

错。它掉个头，把罪恶之嘴伸向旁边一只完整的花盘，一口下去，制造出一只新的月牙。

总之，可恶极了。

葵花地极大，极深。别说藏一两只牛，藏一群牛都不易发现。它们在这里又安全又安逸，太阳还晒不着。一个个不塞饱肚子绝不撤退。

要赶牛的话，必须得不停地绕着这一百多亩地一圈又一圈走啊走啊，才有可能碰巧遇到它们。

赶的时候，还不能看到牛就赶。得先把所有牛集中到一起，然后再赶。

否则，刚把这个赶跑了，再回头赶那个的时候，这个又慢悠悠回来了。再重新赶这个，那个又绕到另一头大吃大嚼起来。

而且，这么跑来跑去的，正好帮它们消食。然后吃得更多。

我只好先把一头牛赶往另一头牛那里，再把这两头牛赶往第三头牛那里……在葵花地里赶啊赶啊。不知撞掉了多少没插稳的花盘。

再加上还有个只会帮倒忙的丑丑！

这家伙早不出现，晚不出现，当我好容易把所有牛聚成一群的时候就突然出现了。

好吧，在它看来，立功的时候到了。便远远奔驰而来，不管不顾，大喊大叫，对直冲入牛群一顿乱咬……又把它们冲散了。

我能怎样呢？我只能一边骂狗，一边重头再来。

仔细想想，除了上学时候的八百米跑，我这辈子也没参与过如此激烈的田径运动。

跑得肝儿疼，跑得猛喘气，嗓子眼火辣辣的，扁桃腺都发炎了。跑得肺叶跟扯风箱一样，差点扯爆。

偏那种时候又不能停下来休息。牛这家伙聪明着呢，一旦发现你的体力不及它，便开始调戏你——你跑它也跑，你停它也停。停下来一边当着你的面继续大块朵颐，一边观察你的动静，判断逃跑的有效距离。

虽然事后回想当时的情景，更多的只觉得好笑。但在当时，气得简直恨不能食其肉，寝其皮，简直跟它势不两立。

我叔更愤怒，也更心狠手辣。我赶牛时顶多扔个石头，或手持长棍追着跑。而他赶牛，直接扔菜刀。

——只见他火冒万丈，紧追不舍。一手操一把菜刀，嗖嗖嗖地往牛身上飞……

若是没砍中，再紧追几步，拾起刀，冲上去，瞄准了接着飞。

看得我胆儿颤……

一边暗暗担忧他的高血压和脑溢血，一边又为牛祈祷，恨不能助其一臂之力，再跑快点……

阿弥陀佛，幸亏从没见我叔叔成功砍中过一次。

那几天，我做梦都梦见没完没了地赶牛。还梦见牛身上插了两把菜刀，边跑边喷血……

在我做过的所有最最可怕的噩梦里，这个绝对能进前三强。

把牛集中起来的确不是件容易事，但是再把它们远远赶开，更不容易。

往往是，好容易赶跑了，转个身它们又杀回来了。

只好往远里赶，赶啊赶啊，一直赶到村子里。这才再往回走。

但毫无用处，等你回到家，它们也到了……

我长着腿，它们也长着腿啊。又不能把它们腿给绑着，更不能把路堵住。

也就是说，赶牛赶了一整天，说白了其实都是在帮别人放牛。

后来我总算想出一绝招，把牛群往乌伦古河北岸赶。

先赶到河边，再扔着石头，强行将它们驱赶下河。亲眼看着它们一个挨一个下了水，再目送它们游过整个河面，一直爬上对岸，才停止扔石头。

这下可算是一了百了——它们若想再回来，不大可能从原处下水往回游。只能往上游走好几公里，找到最近的一座桥过河。

等过了河，再兜个大圈子绕回地边，已经大半天过去了，牛主人也该出来找牛回家了。

　　对了，虽然我妈很少参与赶牛的保卫战，但她不赶则已，一赶惊人——她会把它们一直赶到附近人家闲置的空牛圈里。再把牛圈门关上，扣死。
　　——也不管牛圈是谁家的牛圈，也不管牛是谁家的牛。

四十五　力量

　　牛最喜欢吃葵花花盘。那么花盘一定是最最好吃的。

　　至少比青草好吃，至少比复合饲料好吃。

　　至少，附在花盘最表层的那层葵花籽是最好吃的。别说牛，连我们人都觉得好吃。

　　在北方大地，谁家不出一两个嗑瓜子落下的"瓜子牙"（门牙带小豁口的人）？北方的冬闲时节太过漫长，不嗑瓜子干什么。

　　然而，最最想不通的是，连我这样的不爱嗑瓜子的，都是个"瓜子牙"！

　　我真的不喜欢嗑……全都怪瓜子太香了。虽然不喜欢，但只要一嗑就没法停下来。

　　只好嗑啊嗑啊，瓜子从左边嘴角喂进去，瓜子皮从右边嘴角涌出来……

　　嗑啊嗑啊，一直嗑到满嘴打泡为止，一直嗑到口吐白沫为止……

　　我是真的不喜欢嗑瓜子，我是真的很少嗑瓜子！——然而无论我怎么解释都没人相信。

大家久久地盯着我的"瓜子牙"。

好吧，连我这样不喜欢瓜子的，都能嗑豁了牙，更别提喜欢瓜子的。

连我家赛虎都喜欢呢！

春天一连补种了好几茬种子，剩下的种子被我妈随便堆到床下。赛虎这家伙一有空就钻进去，窸窸窣窣地，吃得香喷喷。

但它不会嗑瓜子，便连瓜子壳一起嚼巴嚼巴吞下。

我妈看着不忍心，一有空，便帮它剥瓜子。边剥边骂："妈的，老子干了一天活，还得伺候一条狗！"

每剥完一小把，把瓜子仁儿撮在手心任赛虎舔食。看它吃得高高兴兴，便也高高兴兴。

虽然从另一个侧面说明了我家狗的伙食差，但也说明了瓜子的确是个好东西。

就更别说兔子和鸡了。敲完花盘，扬完渣，装完包，剩下一大堆杂质多的碎葵花渣被我妈全留给了它们。个个吃得欢天喜地。

卖葵花时，我们自己会留下一部分，送到榨油厂榨油。榨出来的油一部分在店里出售，一部分自己吃，够吃一年的。榨油剩下的油渣也是好东西，哪怕已经被碾尽精华，鸡和兔子仍然强盗一样挤头猛抢。

如此贫瘠的土地，却生出如此香美的食物。这么一想，就觉得必须得赞美土地的力量。

虽然其中也有化肥的力量。但化肥只能依从土地的意志而作用于植物。

人类甚至可以研究出无土栽培技术，却仍然不能更改生命成长的规则。这种规则也是大地的意志。

我妈不喜欢化肥。虽然她和其他种植户一样，一点儿也离不开化肥的助力。

她年轻时读书的专业就是农业，她的一个老师曾告诉她和她的同学，施加化肥是急功近利的做法，虽然一时增收保产，但如此持续不到三十年，土地就会被毁去。

她常常念叨："已经三十年了，已经三十年了啊？"不知是忧虑，还是疑惑。

我不知"土地被毁去"具体是什么概念，但是我却见过"死掉的土地"。

真的是死了——地面坚硬、发白。田埂却依然完整，一道挨着一道，整齐地，坚硬地隆起。于是整块地看上去像一面无边无境的白色搓衣板。上面稀稀拉拉扎着好几年前残留的葵花残秆。也被太阳晒得发白。

我猜这是不是因为过量施加化肥，因为不合理灌溉，因为盐碱化，因为各种透支⋯⋯等原因被废弃了的耕地。

虽然戈壁滩本身也是硬地，但却是生态系统完全正常前提下的硬。

戈壁滩再荒凉，也会覆盖稀薄的植物。尽管这些植物完全混入大地的色泽和质地，看上去黯淡、粗拙。

可眼下这块地，却是极度不自然的硬。表层板结得异常平整光洁，寸草不生，毫无生气。

像一块死去的皮肤，敷在大地的肉身之上。

唯一的安慰是，到了春天，当其他的耕地裸露于无止境的大风之中，疏松的土壤失去草皮和坚硬地壳的覆盖，成为沙尘暴的隐患。日复一日，水分流失，走向沙化……此处，却以紧实的地皮，紧紧镇压松散的土壤。

——像死亡之后还紧紧拥抱孩子的母亲。

突然又想起了河流的命运。

听说在我们阿勒泰地区，有一条从北往南流的河，下游是无边的湖泊。但是因为污染及其他的环境原因，这个湖泊渐渐退化为沼泽。

看上去好像是这条河流陷入了衰败境地，实际上却是它的最后一搏——它退化为沼泽，摇身一变，成为环境之肺，努力地过滤、分解所有施加于它的污染与伤害。以最后的力量力挽狂澜。

我妈总是说："这要是自己的地，还不心疼死了！要是自己的地，哪舍得这么种！"

是啊，只有土地的主人才真正做到爱惜土地吧？只有真正的农民，世世代代依附土地而生的人，才能真正地体谅土地。

真正的农民，每块地种上几年，就会缓几年再种。

或者每种几年伤地力的作物——如葵花，会再种几年能够改良土壤的作物——如苜蓿。

耕地要轮耕，牧场也得轮牧。牧民不停地迁徙，也只为大地能得到充分的休息与恢复。

我无数次感慨北方大地的贫瘠。虽然耕种过的土地看上去都差不多，又整齐又茂盛。但再看看野地便知端晓——南方野外四季常青，植物浓密；而北方野地植被极为脆弱稀薄，看上去荒凉又单调。

可是，就算是力量再单薄的土地，对生存于此的人们来说，也是足够应对生存的。

如果没有我们这些掠夺者的话。

这片大地已经没有主人，所有耕种于此的人全是过客。我们只租用此处一年或两年三年。为了在短暂而有限的时间内达到利益最大化，我们只能无视基本耕种原则，无尽地勒索，直到土地死去——要么沙化，要么板结。土壤缠满塑料地膜，农药瓶子堆积地头。

那时，我们的租期也到了。

我们眼下租用的这块地就是一块已经连续种了三年葵花的地。按理说该停种了，养两年地再接着种。长期种植同一种作物，而且是油葵这样消耗巨大的作物，不但损害地力，也会影响产量。

何况我们目前只能买到本地出产的种子。和近亲通婚的道理一样，如果同一块土地上长出的种子再播种回原来的大地，会产生明显的退化。

再加上去年冬天的罕见暖冬，早在今年年初，"旱情已成定局"的消息就已经四处流传了。

可是我妈还是决定顶着各方面压力再种一年。

河水依赖不了了，她便全赌在雨水上。

只因在春天里，她听当地上了年纪的哈萨克老人说，纳吾尔孜节（春分日）那天若下了雨，将预示全年雨水丰足。

我妈说："老人的话，还是要信的。"便孤注一掷，卖掉房子，把全部力量投入荒野之中。

果然，这一年的雨水极多，三天两头洒一阵。

可是，雨水多的同时，风也多……往往雨还没洒几滴，乌云就被大风吹散。雨很快偃旗息鼓。

尽管损失惨重，甚至放弃了一块土地，但眼看着河边这块地总算冲出枪林弹雨挺到了最后一刻，我妈还是很欣慰的。

事到如今，不赔就是赚了。

每当我一圈又一圈地绕着葵花地赶牛，保卫最后的胜利果实，累得大喘气，喘得肺都快爆了时，心里便想：大地的付出已经完全透支，我们必须用自身的力量填补。

葵花收获了。虽然一百多亩地才打出来二十多吨葵花籽，但满当当的四百多个袋子炫富一般堆在地头，看在眼里还是令人喜悦。

可一时半会儿却怎么也雇不到搬运的工人。

收葵花的老板一再表示时间紧张，不能再等了。于是我妈和我叔叔一咬牙，自己上。

收购葵花的车没法完全开到地边，离了还有三十多米。

四百多袋，我妈和我叔扛了两百多个来回。

三十多米距离，只算负重距离的话，每人共计走了六七公里。

也就是说，这老两口，把二十多吨的葵花籽挪动了三十多米。

或者说，两人各扛一只五十公斤的麻袋，走了六七公里路。

好吧，又省了两百块钱工钱。

可是我叔的高血压……

还有我妈的低血压……

眼下这些从金灿灿转变为黑压压的财富啊，不但榨干了大地的力量，也快要把这夫妻俩榨成渣了。

四十六　美景

我无数次走过无人的空旷大地，总是边走边激烈想象脚下这片土地的命运。

越走，风越大。渐渐地走到了乌伦古河岸的最高处。

迎风站立，风声剧烈地呼啸耳边，满天呜呜作响。站在这大江大河般轰鸣的巨风之中，近在咫尺的声响都很难听到。

但是，稍微侧转一下身子，耳朵换一个角度，那轰鸣声倏地退却。像突然间"啪"地一下跌落在脚下。耳畔空空荡荡，清清净净。

只有头发和裙摆顺风势高高飞扬，证明风仍然在原处进行着。只是已经屏蔽了我的双耳。

站在最高处，站在喧嚣和寂静的分界线处，我像是这喧嚣与寂静碰撞的产物。而眼前满目空荡荡的葵花地，空株秆整齐而密集地沿河岸排列到视野尽头。农田边缘的林带则是荒地与绿野的分界线。这一条条绿色林带，则是荒地与绿野碰撞的产物。

忙碌的收获时节终于接近尾声，我再也不用赶牛了，闲暇时间陡然增多。

每天我都会以蒙古包为起点，向各个方向走很远很远。直到太阳偏西，气温下降才慢慢回返。

后来我发现了一处小小的美景。从此除了那里，基本上就哪儿也不去了。

它位于东面那条细浅而干净的小河（就是我曾经想在那儿洗澡的那条河）下游野地里。那儿有一处突然出现的断崖状地形。于是河流到了那里便突然坠落，站成一条瀑布。瀑布下方被水流长年冲击，形成一个水潭。

水潭不大，约一张双人床的面积。但是非常深，并且清幽幽的，一望见底。水潭四周是洁白的沙地。沙地边缘长满芦苇。有一条细微的小路倔强地通往此处，那是牛走出的路。

每当我独自一人去到那里，走过弯曲狭长的小路，扒开最后一片芦苇，像拆开礼物一样，心中激动难抑。这单调荒野中的小小意外，在我心中触发的惊异与喜悦不亚于国家5A级景区。

它首先是个秘密，其次才是美景。

每当风势转烈，水边芦苇在风中猛烈地动荡，我想大声呼喊，又生怕暴露这一切似的苦苦压抑。又想哭诉，又想辩解，又想致歉。但最后开口的，却只有赞美。

像一个毫无罪过的人那样用力地赞美，装聋作哑一般赞美。一遍又一遍地，赞美高处坚硬光滑的蓝天，赞美中间强大无尽的风，赞美眼前这秘密之地。仿佛只要赞美，世界便有所回应。

但是，心里却明白，这个世界根本不需要赞美。甚至根本不需要我。无论我多么需要着这一切。

当风势渐渐缓和，世界趋于平静，我心中的激动也像走到尽头般停止下来。

我叔叔也来过这里，他回来给我们描述："那个地方好得很！拉一圈铁丝网围上，再盖两间房子，摆几张桌子，就可以开农家乐了。"

他每当看到风景优美的地方，都会说："好得很，就像农家乐一样。"

我妈则只会反复称叹："啧啧，好看。真好看啊，啧啧啧。"

有时我觉得那个地方可能只有我们三个知道。但走在荒野中，又觉得任何一个迎面走来的人其实都知道。否则他怎么会露出会心的笑容？

我每天去向这处小小的，深藏的美景。心中有小小的依恋，猫须般轻轻触碰胸腔。有时会设想永远生活在此处的情景，但这种想法也脆弱如猫须。

葵花已经收获了，我将永远离开这里。并从此再也不会重返此地。

　　突然强烈厌恶自己的随遇而安。厌恶陌生的床，陌生的房间和所有陌生之地。

四十七　散步

有一天我妈从地里回来，反复向我夸赞今天遇到的一只神猫："它寸步不离地跟着人走。人到哪儿，它也到哪儿。我都见过它好几次了，每次都是这样。"

我说："这有什么稀奇的。"

她问："那你见过整天跟着人到处跑的猫吗？"

我细细一想，啧，还真没见过。

我见过的猫统统特立独行，只有人跟着它跑的份儿，哪能忍受给人类当走狗——哦不，走猫。

我见过的猫，除非生命遭到威胁——比如天气极寒，或受伤，或饥饿，或缺少产仔的适当环境——那时，它们才谄媚于人，一见到人就跟着走，渴望救助。

可眼下这只猫，显然不属上述任一情形。

我后来也见了它一次，果然稀奇。

那家人承包的是我家隔壁那块土地。人口蛮多的，每天上工下工，都会经过西边的水渠。那只猫俨然也以劳动者的姿态行走其中。昂首阔步，理直气壮，好像它这一天干的活不比别人少。

我妈和我商量："假如我向那家人讨要这只猫，你觉得他们会不会给？"

我说："只听说要猫仔的。人家都养这么大了，你好意思开口吗？"

她想了想，说："那我就去借猫，我对他们说家里有老鼠，借来养几天。然后我就拼命喂它好吃的，说不定它就不想回去了……到时候，我们就赖着不还。"

又说："他们是外地人，他家葵花又比我家打得早，说不定过几天就撤了。这一忙起来，哪还能顾得上猫的事。"

我忍不住问："那猫有那么好吗？"

她说："特好。它一直跟着人走。"

到了第二天，她果真就找到那家人，期期艾艾开了口。

结果大出人意料。对方直接把猫送给她了。

她惊喜又不敢相信："这么好的猫，你们为啥不要了？"

对方回答："不是我们的猫。"又烦恼地说："不知为啥，它非要跟着我们走，甩都甩不掉。"

我妈抄起猫就跑。

回到家，搂着猫喜滋滋地亲了又亲，对它说："好啦，从今天开始，你就是我家的猫了！"

这只猫估计有恋人癖。它不但是个跟屁猫，日常生活中对我妈和我百依百顺，整天像只死猫一样拉直了任摸任撸。也不挑食，还能逮老鼠。简直就是一只经济适用猫。

但是，第二天就暴露了本性。

它把大狗丑丑咬得两天不敢回家……

那一幕情景我若非亲眼所见，简直不敢相信！

丑丑何其凶狠啊！而且体态巨大，跟个小牛犊似的，追咬羚羊的时候跟玩儿一样。偷鞋子的时候更是方圆十里没人追得上。

可面对跟屁猫，怂得跟耗子似的。

丑丑和跟屁猫初次见面，对峙了不到一秒钟，跟屁猫"哇呜"一声冲上去就咬！

丑丑傻眼了，它没有正式进入谈判程序呢。就算进入了谈判程序，往下总还有宣战程序吧？可这只猫啥程序也不讲，啥解释也不听。于是丑丑还没反应过来就被咬住了命门——喉咙。

跟屁猫的进攻不但精准，而且狠辣，咬住后绝不松口，四只爪子紧紧抓住狗毛不放。丑丑鬼哭狼嚎，上蹿下跳。好容易才把猫甩掉，猫落地的一瞬间立刻又反扑回去，扑上去接着咬。一口，一口，再一口。毫不犹豫，毫不留情，还伴以震慑性超强的怒吼。

这哪里是中华田园猫？这分明是中华田园虎！

我和我妈看得目瞪口呆，一时半会儿竟然忘了上前营救。

而丑丑这家伙，前失先机，后丧胆魄。只顾着吱哇乱叫，颜面尽失。

我和我妈好容易回过神，一齐冲上去，拼命拉扯，才将它从猫口救下来。这家伙也顾不上道谢，夹着尾巴掉头就跑。

跟屁猫首战告捷，第三天又趁热打铁，把路过我家蒙古包的一头牛咬了。

那真的是一头牛啊……体态至少至少比猫大一两百倍啊……

跟屁猫的战术仍然没有变化。仍是狭路相逢，一个眼神儿不对，冲上去就咬。

我看其他猫袭敌之前，先伏身相峙，再呜呜警告，再甩无数眼镖。然后耸肩龇牙，拉开架势斗狠示威十来个回合，最后实在谈判无效了才正式拉开实战。可这一位，毫无章法可言，完全无视江湖规矩与日内瓦公约。

狗被猫咬成了耗子，牛则快被咬成了狗。它惊得仰天长嘶，发出了时代最强音。好容易才甩掉猫，尥着蹶子一溜烟就跑得没影儿了。

唉，要是早几天得了这神猫，我何至于赶牛赶得那么辛苦！

经过这两战，跟屁猫奠定了不可动摇的江湖地位。我和我妈再想胡撸猫毛的时候，忍不住手下一顿，千思万想，心潮起伏。

后来我们很长一段时间都担心它会不会欺负赛虎和鸡。结果人家才不屑于此呢，人家一看就知道这两者不是一个重量级的。

对了，说的是散步。

葵花地里的最后一轮劳动也结束了，在等待葵花收购的日子里，每天晚餐之后，我们全家人一起出去散步。

真的是全家人——跟屁猫也去，赛虎也去，一只胆大的兔子也非要跟去。

丑丑最爱凑热闹，它绝不会落下此类集体活动。但它怕猫，只好远远跟着。

此外，未入圈的鸡也会跟上来。天色越来越晚，鸡是夜盲眼，渐渐无法前进了，唤半天才挪几步。我妈便弯腰抱起它，继续往前走。

我妈不时说："要不要把鸭子带上？你猜鸭子会不会跟不上来？"

不等我回答，又得意地说："我家啥都有，我家啥都乖！"

我们这一队人马呼呼啦啦走在圆月之下，长风之中。

我妈无比快乐，像是马戏团老板带着全体演职员工巡城做宣传。又像带散客团的导游，恨不能扛着喇叭大喊："游客朋友们，游客朋友们，大家抓紧时间拍照，抓紧时间拍照！"

我也眷恋那样的时刻。宁静，轻松，心中饱满得欲要盛放，脚步轻盈得快要起飞。那时的希望比平时的希望要隆重许多许多。

我妈走着走着，突然问我："听说你们城里有卖那种隆胸霜的？"

"隆胸？"

"是啊，就是往奶上一抹就变大了的药。"

我瞟一眼她的胸部，问："你要那个干嘛？"

她得意地说："我告诉你啊，这可是我想出来的好办法！用那种霜往我们家狗耳朵上一抹，耳朵不就支棱起来了吗？该多神气！"

我一看，果然，我们家大小两条狗，统统都耷拉着耳朵，看上去是挺蔫巴的。

"连个猫都打不过，还好意思支棱耳朵……"

我妈整天操不完的心，狗的耳朵立不起来她也管。公鸡踩母鸡，踩得狠了点儿，她也要干预。猫在外面和野猫打架，她也要操起棍子冲上去助战。每天累得够呛，满脸"队伍不好带"的痛心样儿。

244

直到这会儿，她才感到事事舒心。在静谧的夜色中，领着全家老小晃荡在空旷的河边土路上，又像一支逃难队伍在漫长旅途中获得了短暂而奢侈的安宁。

我做了个梦，梦见我们仍在月光下散步，这回都到齐了。鸭子也一摇一摆跟在后面。我家新收的葵花籽装麻袋垒成了垛，高高码在拖车上，也慢慢跟着前行。突然又想起还有外婆，我赶紧四处寻找。然后就醒来了。

四十八　人间

　　回城之后，有时会在街上偶遇一两个葵花地边的旧识。那时大家都显得很激动。

　　要说彼此有多大的交情，倒也没有。但是，在岑寂荒野中相识的人又在城市的滚滚人流中相遇，自有一番特别的情谊。似乎，此时的热情安慰的是过去的孤独。

　　除了和巴合提见面那一次。

　　那天，我刚走过市场后面的拐角处，一眼就看到垃圾箱旁有个男人正面朝围墙背对马路窸窸窣窣地小便。

　　我正想扭头匆匆过去，这时他正好扭过头来，正好看到了我。

　　我想装作没看到已经来不及了。我认出他是巴合提的同时，他也认出了我。

　　他已经冲我笑了起来⋯⋯

　　我也只好冲他笑⋯⋯

　　他便笑得更加诚恳了。赶紧抖抖小鸡鸡，塞进裤子，一边系皮带一边向我走来。

还要和我握手！

……我便与他大力寒暄，说这说那，极力装作没看到他已经伸过来的手。

其实我并没有怪罪巴合提的意思。他也完全没有冒犯我的想法。并且，他不会觉得这件事有多尴尬。相比之下，我那点尴尬就太小家子气了。

好吧，全怪自己。走路就走路嘛，干嘛东张西望。

巴合提家住在离水库最近的村子里，大约和水电站有一些劳动方面的合作，常常会过来。

每次办完正事，都会特意绕到职工宿舍后面的林子里，拜访我家蒙古包。

他欠了我叔叔五十块钱，快二十年了。每次见面，互相问候之后，我叔叔都会催一次债。他诚恳地说："没有。"然后双方这才步入正式闲谈。

好像天下所有的债务人都是避着债权人走路的，可在我们这边，双方绝对平等。

——借钱就是借钱，还不起就是还不起。光明正大，没有谁对不起谁。

虽然欠钱不还这事令我叔叔生气。但他不得不承认："巴合提是个老实人。"

这个老实人，每次来我家问候完毕，再喝完一碗黑茶，便合碗恭敬告辞。他的恭敬并不是因为欠了我家钱，而出于深刻的类似于教养的习惯。他来我家，也并非有什么事，只是觉得既然经过，出于礼貌应该过来打个招呼。这种礼貌也不是因为欠了我家的钱。

南下的牧业大军过河了，回到村子的人越来越多。我妈杂货店里的生意也越来越好，每天回家的时间越来越晚。

之前，除了个别水电站职工以及巴合提，我们葵花地边整天都看不到一个人。现在时不时能遇到一两个牧人。

每到那时，我和他们打完招呼后，就开始指责他们不好好看管自己的牛，整天跑到我家地里糟蹋葵花。

他们总是说：“不是我的牛！”

我很无奈。这会儿牛又不在旁边，不好指证。

接下来，大家一起顺道去我家蒙古包喝茶。

渐渐地，羊群也过河了。那时我们的葵花也收获完毕，一袋一袋码在地头。

偶尔有牧羊人把羊群驱入只剩光秆的葵花地里，让它们啃食撒落地下的零星葵花籽。自己则离开羊群，前来我们蒙古包讨茶喝。

那时，我们的蒙古包和所有荒野中的家庭一样，热情又好客。

那时我已经知道了，喝茶这种事，不只是为了解渴，还意味着交流和友谊。

但是，在这种场合，除了报上自己父母的名字，以及自己家住哪里，我实在没法提供更多的信息，也找不到任何共同话题。他们仍然非常满意，也自我介绍一番，喝完茶告辞。

那几天，我们蒙古包里还来了几位女性客人。我至今不知她们是来干什么的。

水电站是一处死角，除了放羊和找牛，永远不可能顺路经过。而她们显然都极力修饰过门脸，装扮正式极了，实在不像是出来放羊或找牛。

要说特意来水电站办事，也实在看不出这些妇女和电站有什么业务来往。

唯一的可能性就是过来串门子，找我妈唠闲话。

在此住了不到两个月，我们的蒙古包就已经成为此地理所应当的存在了。我们一家人也被正式纳入本地社交圈，什么重大新闻小道消息本土八卦都不会落下我妈。

别看我妈平时的哈语水平不咋样，说得磕磕巴巴，可一旦和村里的妇女们捣鼓是非的时候，水平就一下子上去了。无论表达得再艰难，也不急不躁。几个女人围坐一圈绞尽脑汁地组织语言，哈汉双语并驾齐驱，死也不愿意放弃当前会议主题。

等人走了，我妈便给我传达会议精神，听得我大开眼界。

同时特诧异。我觉得和她们在一起住半年可能都没有我妈和她们闲聊十分钟获得的信息多。

更诧异的是，这么小的村庄，就这么几个村民，位于这么偏远安静的大地角落里，居然也会发生这么多奇闻异事。

不只是我们的葵花顺利收获，牛羊买卖的季节也到来了。不只是我们松弛下来，眼下所见的人们，无不富裕又轻松。

在我们搬离此处之前，最后一拨访客是前来收葵花的葵花老板。

在闲谈中，他得知我一把年纪了居然还没有结婚，表示震惊，并一连确认了好几遍。

他回去后不知和人商议了什么。当天晚上，天都已经黑透了，他又打着手电走老远的夜路，跑来我家蒙古包敲门。

然后开门见山，要给我做媒……

他要介绍的人在吐鲁番的托克逊县。唯一的条件是女方迁过去生活。

好吧。我开始想象其中的来龙去脉——

在遥远的托克逊县，有一个男青年，由于各种没法说的坎坷，渐渐混成了大龄男青年。然后，又由于各种没法说的原因，在当地实在找不着合适的对象了。

但是所有的人，包括他自己，都坚信"缘分"这个东西。

于是有一张网以他为中心撒开。目前，网的半径最远已达八百公里。

嗯，这个八百公里是从托克逊到我们葵花地的大致距离。

我仍生活在人间。至少，在这么偏僻的地方，仍有人间的姻缘逐迹而来。蜜蜂般执着而灵敏。陷落于辛忙劳动中的人们，仍有花期般准时降临的情感与情欲。

时间到了，总会有姻缘成熟。

唉，假如我不是我就好了。假如我是另一个同样热切渴望婚姻的女性……真想试一试八百公里之外的另一场人生。

但我常常有幻觉，觉得自己和这片葵花地正渐渐退向梦境和虚构之中。越来越多的访客都拉不住我们了。连沉甸甸的收获和真实的姻缘都拉不住我们了。

又想起被我们放弃的南面荒野中那块地，它已经完全失陷梦境。我好几次催促我妈抽时间去那边看看。她那犹豫的样子，像是在思索是否真的存在着这样一块地。

后记

1

回想这段经历的时候，我有无数条路通向记忆中那片金色田野，却没有一条路可以走出。写这些文字时，我有无数种开头的方式，却怎么也找不到一个合适的结局。

我把原因全赖给了文字本身，我觉得是它们自己不愿意停止的。还有这些文字所描述的生活，它们也不曾真正结束。总之，我用力地抒情，硬生生戛然而止。

后来我想，真正的原因可能是，关于那段生活的最最核心的部分，我始终不愿触及。或者是能力问题吧，我没有能力触及。

2

可这是长久以来我一直渴望书写的东西。关于大地的，关于万物的，关于消失和永不消失的，尤其关于人的——人的意愿与人的豪情，人的无辜和人的贪心。在动笔之前，我感到越来越迫切。可动笔之后，却顿入迷宫。屡次在眼看快要接近目的地的时候，又渐渐离它越来越远。

于是，眼下这些文字，其实是一部充满了弯路的记叙。

3

这些事情大约发生在十年前。

但是我只写了我家第一年和第二年种地的一些情景。就在种地的第三年，我妈他们两口子终于等到了盼望已久的丰收。然而，正是那一年，我叔叔卖完最后一批葵花籽，在从地边赶回家的途中突发脑溢血，中风瘫痪。至今仍没能恢复，不能自理，不能说话。

从此我家再也没有种地了。

4

向日葵有美好的形象和美好的象征，在很多时候，总是与激情和勇气有关。我写的时候，也想往这方面靠。可是向日葵不同意。种子时的向日葵，秧苗时的向日葵，刚刚分杈的向日葵，开花的向日葵，结籽的向日葵，向日葵最后残余的秆株和油渣——它们统统都不同意。

它们远不止开花时节灿烂壮美的面目，更多的时候还有等待、忍受与离别的面目。

如果是个人的话，它是隐忍而现实的人。如果是条狗的话，都会比其他狗稳重懂事得多。

　　但所有人只热衷于捕捉向日葵金色的辉煌瞬间，无人在意金色之外的来龙去脉。

　　而我的文字也回避了太多。我觉得是因为那些不值一提。但心里清楚，明明是因为自己的懦弱和虚荣。

5

　　我至今仍有耕种的梦想。但仅仅只是梦想，无法付诸现实。于是我又渴望有一个靠近大地的小院子。哪怕只有两分地，只种着几棵辣椒番茄、几行韭菜，只养着一只猫、两只鸡，只有两间小房，一桌一椅一床、一口锅、一只碗。——那将是比一整个王国还要完整的世界。

　　可是现实中的我，衣服塞满衣柜，碗筷堆满水池。琐事缠身，烦恼迭起，终日焦灼。在做任何事情之前都感到还没做好准备，结束每件事情后仍患得患失。我把这一切归结于缺少一小块土地，一段恰当的缘分。可是，追求这一切——仍远远没有做好准备。

　　在四川，我在童年时代里常常在郊外奔跑玩耍，看着农人侍弄庄稼，长时间重复同一个动作。比如用长柄胶勺把稀释的粪水浇在农作物根部，他给每一株植物均匀地浇一勺。那么多绿株，一行又一行。那么大一片田野，衬得他无比孤独，无比微弱。但他坚定地持续眼下单调的劳作。我猜他的心一定和千百年前的古人一样平静。

我永远缺乏这样的平静。农田里耕种的农夫，以及前排座从不曾回头张望的男生，永远是我深深羡慕的人。

6

作为写作者，书写就是我的耕种方式吧？我深陷文字之中，一字一句苦心经营。所有念念不忘，耿耿于怀的事情，我都想写出来，都想弄明白它们为什么非要占据我的记忆不可。写作的过程像是挖掘的过程，甚至是探险的过程。很多次，写着写着，就"噢——"地有所发现。曾经一直坚信的东西，往往写着写着就动摇了。以为已经完全忘记的，写到最后突然完整地涌出笔端。我依赖写作，并信任写作。很多时候，我还是很满意写作这样的命运的。

7

最后说明一下书中的图片，抱歉，它们没法展示葵花地的全部内容——大多是第一年种地时的情景，以及两年后所拍的阿克哈拉村的生活场景（之所以补充进去，因为我觉得阿克哈拉是世界上唯一与我的葵花地有关的地方。我们曾打算在那里长久生活下去，并且正为了这个目标才种地的）。

第一年去地边时，我带着一个借来的数码卡片相机，拍了几张播种初期的照片。当时不敢多拍，因为相机就两块电池……并且往下还要去夏牧场，一路上都是荒野和牧场，根本没法充电，得省着点用。

第二年我妈把一台太阳能蓄电池带进荒野之中，倒是能充电了，我却没有相机了。好在用手机也拍了很多。可后来如书中所说，手机丢了。紧接着，有备份的硬盘也摔坏了。

又如书中所说，我坚信那些影像仍静静等待在那块硬盘的碎片之中。我仍渴望有一天能修复它。当我还在葵花地里，面对一幕幕寂寞而动人的情景举起手机，按下快门——那时的我和现在没什么不同，永远心怀强烈渴望，非要把这一切分享给所有我想要倾诉的人们不可。

感谢所有愿意听我倾诉的人们。

最最后，感谢这些文字前期发表时读者们的热情留言，感谢此书编辑的鼓励与长久等待。还要感谢自己。虽然自己总是没能做到最好，但一定要感谢自己在写作上的诚实与坚持。

2017年9月26日

我妈和赛虎走过之后，荒野中的土路越发空旷

地窝子快竣工了

外婆站在我们混乱破碎的荒野中的家中

到达地边的第一个黄昏，饿坏了的外婆和不停干活的我妈

在地边生活的第一个清晨

葵花地边，赛虎和不远处的野鸽子
它曾试着追逐它们，但从没有成功，只好放弃

经过地窝子门口的骆驼们

葵花地边的第一个日落

荒野中的大水

乌伦古河北岸的沙漠，远处是我妈

这个春天全部的花

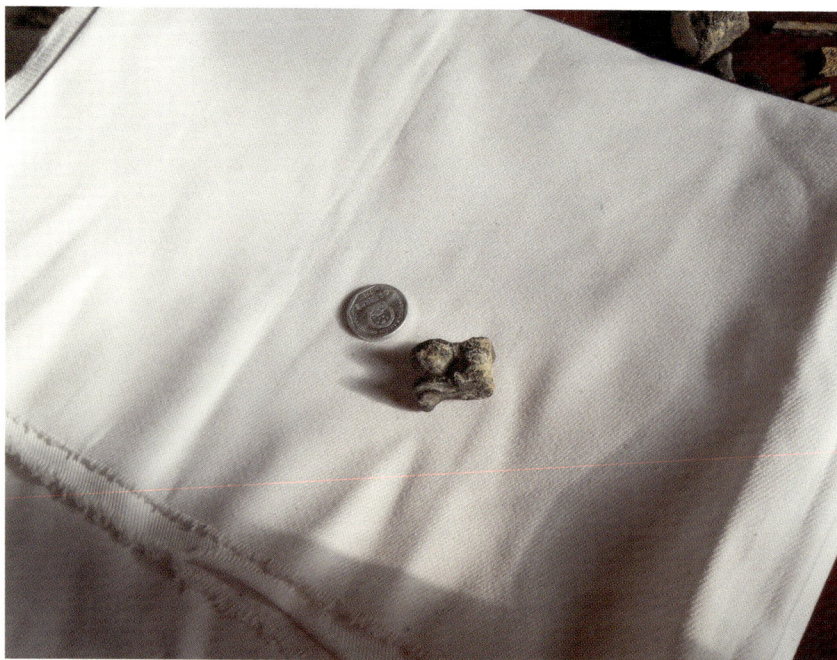

荒野中捡到一块古生物髀石的化石
亿万年过去了，但是亿万年前的生命仍然和现在的生命一模一样
又神奇，又感动

我和我妈都曾经无数次在此处下了长途班车，然后等待另一趟班车
既不知它什么时候来，也不知道到底会不会来

大风中的河畔绿野

癞皮狗赛虎，总是直立后肢，探头久久凝望远方
我好想知道它看到了什么

黄昏的阿克哈拉村，我妈在那里开了多年的杂货铺